L'AUBERGE DES 13 PENDUS

PAR HENRY DE KOCK.

TROISIÈME PARTIE

— SUITE —

LE COMPLOT.

VI

Poison ou poignard.

Atteint d'une indisposition, — qui semblait être d'ailleurs sans gravité, — depuis quelque temps M. des Ferriers ne quittait pas la chambre.

Ce jour-là, — 23 mars, jour du départ du roi pour Fontainebleau ; du cardinal pour Fleury, — ce jour-là se trouvant plus abattu que d'ordinaire, le baron resta au lit.

Installée à son chevet, la baronne voulut veiller elle-même aux moindres désirs, aux moindres besoins de son mari.

La matinée, puis une partie de la journée s'étaient écoulées sans incidents remarquables. Occupée d'un ouvrage de broderie, Anaïs des Ferriers faisait silencieusement voltiger l'aiguille tout en jetant de temps à autre un regard sur le malade assoupi...

Elle se sentait triste, à ce moment, la jeune femme. Et pourquoi était-elle triste ? Tous les jours elle voyait Pascal... elle aimait... elle se savait aimée...

Firmin Lapradt continuait de paraître livré plus que jamais à ses idées d'ambition, de fortune.

Pourquoi donc encore une fois Anaïs était-elle triste, à cette heure ?

Bertrande entra.

— M. Pascal Siméonis, annonça-t-elle à voix basse...

— Faites entrer.

Pascal parut.

La présence même du bien-aimé n'eut point le don de dissiper les nuages amoncelés sur le front de la baronne.

Ce fut d'un pâle sourire qu'elle le salua.

Cependant, au bruit, si discret qu'il eût été, des pas du visiteur, le baron avait ouvert les yeux.

— Ah! C'est vous, cher monsieur Siméonis, dit-il avec une certaine joie, c'est bien aimable de venir me voir!

— N'est-ce pas mon habitude depuis que vous êtes souffrant, monsieur le baron?

— En effet... en effet... Oh! Vous êtes plus aimable que mon neveu... je ne l'ai pas seulement aperçu de la journée, lui!... tenez!...

« Et, pourtant, il n'a pas affaire à l'hôtel de Chalais, puisque le comte est parti avec le roi et Monsieur pour la campagne!...

« N'est-ce pas vous, monsieur Pascal, qui m'avez dit que toute la cour allait s'installer ce matin à Fontainebleau?

— Oui, monsieur le baron, c'est moi...

— Eh bien, en ce cas, Firmin pouvait donc me consacrer quelques instants! Très-bien de songer à son avenir... à sa position... mais il ne faut pas non plus que cela vous fasse négliger absolument... abandonner votre famille...

— Firmin aura peut-être été appelé dehors pour le service de M. de Chalais, mon ami. Avant de quitter Paris, monsieur le comte lui aura laissé quelques instructions, et...

— Oui, oui... tu défends mon neveu... c'est très-bien de ta part, Anaïs... très-bien!... Mais je sais ce que je sais... je vois ce que je vois... Et je répète que quand on a un parent malade...

— Vous êtes donc plus souffrant aujourd'hui, monsieur le baron?

— Plus souffrant... non... mon cher monsieur Pascal; à vrai dire je ne me sens pas plus mal... positivement. Ce qui m'ennuie, c'est cette lassitude incessante que j'éprouve... cette espèce de torpeur qui m'accable!... J'ai toujours envie de dormir, ce n'est pas naturel, cela.

— Que ne consultez-vous un médecin?

— Peuh!... Un médecin... Je n'aime pas les médecins, moi!

— Anaïs, j'ai bien soif, petite.

— Tout de suite, mon ami.

La baronne avait frappé sur un timbre. Bertrande entra et sur l'ordre de sa maîtresse alla chercher une tasse de limonade, — la boisson favorite du malade. — Tandis qu'il buvait, la porte de la chambre à coucher poussée de nouveau livra passage à Firmin Lapradt.

Il salua familièrement sa tante et Pascal et, s'approchant du lit du baron, il dit d'un ton dégagé :

— Eh bien, comment cela va-t-il aujourd'hui, mon oncle?

M. des Ferriers essaya de prendre un air sévère.

— Ah!... répliqua-t-il, cela t'intéresse donc un peu, ma santé... enfin!...

— Enfin!... Oh! Vous me reprochez de n'être pas entré ce matin chez vous avant de quitter l'hôtel! Mais M. de Chalais est parti, ce matin, de Paris...

— Je sais cela... Après? Tu n'es pas parti avec lui, toi?

— Non! malheureusement! Oh! j'aurais bien désiré être du voyage à Fontainebleau!...

— En vérité!...

— Il y aura, dit-on, des fêtes magnifiques, là-bas!

— Oui-da!...

— Bref, avant de s'éloigner...

— M. le comte t'a laissé de la besogne...

— Et de la besogne très-pressée... si pressée que je serai sans doute obligé de passer toute la nuit dessus. J'accours vous dire bonjour et je me sauve... je retourne à l'hôtel de Chalais m'enfermer dans mon cabinet!... Oh! d'abord, j'ai promis à monsieur le comte de lui expédier demain matin mon travail à Fontainebleau!

« Ce n'est pas ma faute, voyons, mon oncle, et vous ne pouvez me garder rancune parce que je m'acquitte en conscience de mes fonctions! »

Partagé entre l'orgueil qui lui causait *la conscience* de son neveu et le chagrin qu'il éprouvait de l'annonce de sa retraite immédiate, M. des Ferriers se taisait...

— Au revoir donc, reprit Firmin Lapradt en embrassant le malade. Vous êtes en bonne société, d'ailleurs... vous ne vous ennuierez pas. Au revoir. Demain, s'il vous est agréable, je vous promets de vous consacrer toute ma journée!

« Au revoir, monsieur Siméonis. — Au revoir, ma tante. »

Et faisant volte-face, toujours souriant, toujours allègre, Firmin Lapradt s'en fut rapidement.

— Allons! murmura le baron, au bout du compte, il a raison, ce garçon, on ne peut pas lui faire un crime de ce qu'il remplit rigoureusement son devoir!...

« Oh! J'en étais bien sûr! En voilà un qui arrivera... qui arrivera vite et haut!

« Eh bien, c'est convenu, monsieur Pascal. Si rien ne vous appelle ailleurs... vous nous tiendrez compagnie toute la soirée, à ma bonne Anaïs et à moi? Vous dînerez avec nous?... — Avec nous... avec elle, plutôt... car moi... ce que je mangerai ce soir... Hum!... Bon!... Encore l'envie de dormir qui me reprend!... Quelle chose singulière! Mais je ne suis plus un homme, je suis une marmotte!... Ah! Mais c'est qu'il n'y a pas à résister... mes paupières s'alourdissent... je... Enfin... là... la table à côté de mon lit, n'est-ce pas, Anaïs?... de façon que lorsque je me réveillerai... vous... »

Le baron n'articulait plus que difficilement, ses yeux se fermaient...

Deux à trois secondes plus tard il dormait, d'un sommeil doux et paisible, du reste... qui n'avait rien d'alarmant!...

Ravi d'une invitation qui lui permettait de demeurer plus longtemps près de la jeune femme, et intérieurement aussi, bénissant cette maladie singulière qui réduisait le pauvre baron à l'état de dieu terme, Pascal s'était retourné pour prendre la main d'Anaïs et la couvrir de baisers...

Mais quand il se sentait si joyeux que devint-il en voyant la baronne s'affaisser sur un siége, l'œil fixe, la respiration oppressée...

— Qu'avez-vous? s'exclama-t-il.

Elle ne répondit point. Il répéta : « Mais qu'avez-vous donc?

— Je ne sais... répliqua-t-elle enfin. Non, je ne sais!... Je suis heureuse... bien heureuse... et les larmes m'étouffent!...

— Anaïs!...

— Oh! c'est de la folie, j'en conviens... mais... pardon, mon ami... Laissez-moi pleurer un peu, tenez... il me semble que cela me soulagera!... Oh!... Mon Dieu!... Qu'ai-je donc pour être anéantie à ce point!... Pascal, dites, ne trouvez-vous pas que Firmin... Oh! Non! non! non!... Je suis en délire encore une fois... rien ne nous menace!... Et pourtant, alors, pourquoi ai-je peur... pourquoi ai-je peur?... Oh!... Tirez les rideaux du lit, voulez-vous!... il me semble que nous sommes près d'un mort!... Un mort!...

La baronne s'était élancée; relevant les rideaux que Pascal avait déjà abaissés, elle avait saisi dans ses mains les mains de son mari... elle se penchait vers lui pour écouter son souffle...

Les mains de M. des Ferriers étaient moites... sa respiration était égale et facile...

Comme honteuse de sa propre pensée, Anaïs revint à Pascal, non moins étonné que désolé d'une scène aussi inattendue que cruelle.

Il allait interroger encore la jeune femme...

— Pas un mot, fit-elle, plus calme. J'avais mal aux nerfs, voyez-vous, mon ami. L'influence du temps, probablement. Le temps a été si lourd et si triste aujourd'hui. Mais c'est passé... bien passé... je suis remise... tout à fait remise!... N'en parlons plus!

***

Oublieux de ses prières, à diverses reprises pendant la soirée, Pascal tenta d'arracher à Anaïs le secret de son agitation. Tentatives inutiles. Elle avait dit vrai, d'ailleurs : elle ne se rendait point compte à elle-même de son malaise moral, comment eût-elle pu le définir à un autre. La soirée s'écoula donc assez pénible pour tous deux. Vers huit heures, le baron se réveilla. Selon ses désirs, sa femme et Pascal soupaient à quelques pas de son lit. Il causa quelques instants assez gaîment avec eux; puis, après avoir bu encore une tasse de limonade, il se rendormit...

A dix heures, Pascal prenait congé de la baronne.

Près de se séparer :

— Vous m'en voulez? lui dit-elle.

— Vous en vouloir!... Non!... Je suis affligé seulement de ce que vous n'ayez pas assez confiance en moi...

— Pour vous tourmenter de mes rêves! A quoi bon!... Demain... demain matin, je vous conterai tout...

— Pourquoi demain et non ce soir?...

— Parce que... parce que d'ici à demain, la nuit aura eu le temps de me prouver que j'étais... — comme je vous l'ai dit... — que j'étais folle!

***

Il n'était plus là. Elle demeura jusqu'à minuit près du malade plongé dans son sommeil de plomb, puis elle gagna sa chambre.

Bertrande l'y avait précédée.

— Merci, dit-elle à la duègne qui se disposait à lui retirer ses vêtements, je me déshabillerai seule.

La vieille femme salua et s'éloigna.

Le premier soin alors d'Anaïs fut de pousser les verrous à sa porte...

Une mesure de précaution dont elle n'usait jamais... mais à laquelle, d'instinct, elle songea ce soir-là.

Les verrous tirés, elle s'assura que les volets de sa fenêtre étaient bien fermés...

Elle s'approcha ensuite d'un grand miroir, et, d'une main distraite, elle enleva son peigne.

Ses beaux cheveux roulèrent en ondes luxuriantes sur ses épaules.

Toujours pensive, elle se mettait en devoir de quitter sa robe, lorsqu'un léger bruit, qui se produisit derrière elle, l'arrêta frémissante...

Elle ne se retourna pas... — elle n'osa pas se retourner!... — mais elle interrogea le miroir...

Ah!... elle n'avait point *rêvé!...* elle avait *deviné!*

Le miroir lui montra Firmin Lapradt qui se glissait dans la chambre par l'issue secrète qu'il s'était ménagée.

Un cri jaillit de la gorge de la jeune femme...

Lui, pourtant, repoussant tranquillement le panneau mobile, dit d'un ton railleur :

— Oh! criez... criez, belle tante, s'il peut vous être agréable! Je vous avertis seulement, dans votre intérêt, que ce sera peine perdue. Tout dort dans l'hôtel... — excepté vous, moi et Bertrande... — et tout dort de façon à ne point se réveiller avant le matin... lors même qu'on tirerait le canon aux portes...

« Je me suis arrangé pour cela. Vous concevez que depuis un mois bientôt que je rumine mes projets, j'ai eu le temps de me fixer sur les dispositions que j'aurais à prendre le jour où je me déciderais à en finir.

« Un narcotique jeté dans leur vin par Bertrande a réduit à l'état de statues tous les domestiques. Non pas que j'eusse rien à redouter d'eux... — à l'exception de Lapierre qui vous porte beaucoup d'attachement... beaucoup trop d'attachement... ils me sont tous dévoués... — mais pour plus de sécurité, j'ai préféré qu'ils ne pussent rien entendre...

« De même de mon oncle. Depuis hier, vous l'avez pu remarquer, il est comme absorbé par le sommeil. Un sommeil de ma façon... et qui, cette nuit, sera plus pesant encore...

« Oh!... ne vous effrayez pas! d'ailleurs, ce sommeil n'a rien de dangereux! S'il m'est permis, pour me venger, de vouloir la mort de... certaines personnes, je n'ignore point qu'il serait odieux de ma part d'envelopper dans cette vengeance un homme qui ne m'a jamais fait que du bien!... — Mon oncle se réveillera... comme les autres!... demain...

« Maintenant que vous voilà instruite... et rassurée, vous plaît-il de vous asseoir... et de m'écouter. »

Achevant de parler ainsi avec un calme, un sang-froid qui augmentaient encore la terreur de la baronne, Firmin Lapradt lui avançant un siége, s'asseyait lui-même en face de sa tante.

Elle était perdue!... Elle le comprit. Qu'allait-il faire? Elle n'en savait rien! Mais il n'y avait pas à douter... elle était perdue!...

Machinalement, pourtant, au lieu d'obéir à l'invitation de Firmin, elle s'était approchée de la croisée. Si elle parvenait à en ouvrir les volets, à en casser une vitre, elle appellerait Pascal à son aide! N'habitait-il pas en face?

Firmin Lapradt suivait d'un œil ironique les mouvements de madame des Ferriers...

— Encore une peine que je vais vous éviter, belle tante, reprit-il. Oui, oui... je saisis votre pensée; vous ne seriez pas fâchée de voir accourir ici votre amant. Mais d'abord, il aura trop d'occupations, je crois, pour son propre compte, cette nuit, ce cher M. Pascal Siméonis, pour en distraire ne fût-ce que quelques minutes en votre faveur. De plus... — ne fatiguez point vos doigts mignons, de grâce, et regardez là-haut, — je me suis avisé de tout, je vous ai prévenue; ces volets sont attachés les uns aux autres par des chaînes de fer... impossible de les ouvrir!...

Anaïs poussa un gémissement et tomba, non pas sur le siége que Firmin lui avait présenté, mais sur un autre, loin... bien loin du misérable....

Il y eut un silence... un sinistre silence...

Il la contemplait, plus belle encore dans sa douleur, comme le tigre contemple sa victime...

Elle demandait mentalement à Dieu de la sauver.

Puisant de la force dans son désespoir même :

— Que me voulez-vous enfin? s'écria-t-elle.

— A la bonne heure, répliqua-t-il en ricanant. Nous précisons la situation. Je ne demande pas mieux.

« A quel propos, n'est-ce pas, revenir sur le passé? C'est le présent seul qui nous intéresse.

« Eh bien, ce que je veux est tout simple. Vous serez à moi, Anaïs... ou vous mourrez!

Elle se leva toute droite.

— Tuez-moi, dit-elle.

Il était pâle, il devint livide. Oh! elle n'avait pas balancé entre ces deux extrémités : se livrer à un homme exécré ou mourir, elle avait choisi la mort.

— Soit! fit-il, vous préférez la tombe à mon amour. A vous donc la tombe!...

Et, se levant à son tour, il versa dans un verre, posé sur une petite table près du lit, le contenu d'une fiole qu'il avait tirée de sa poche...

Elle le regardait faire; quand il eut achevé, elle s'avança, la main tendue, pour prendre le verre...

Mais, repoussant cette main :

— Un mot encore, Anaïs, dit-il. — Et, scandant les syllabes, il poursuivit d'une voix sourde : Ce poison est sans pitié, sachez-le!

— Comme vous. Après?

— Vous n'en aurez pas bu deux gouttes que vous serez foudroyée.

— Je ne souffrirai pas! Merci. J'avais tort de vous accuser d'être impitoyable. C'est quelque chose encore que de ne point souffrir...

Elle tendait de nouveau la main; de nouveau il écarta cette main.

— Attendez! attendez! reprit-il. Voyons... c'est affreux... c'est affreux de mourir à vingt ans, Anaïs... et vous avez vingt ans!

— Ce serait bien plus affreux de me déshonorer!

— Vous déshonorer!... ah!... ah!... Cette crainte vous a-t-elle arrêtée lorsque vous avez pris M. Pascal Siméonis pour amant, madame?

— M. Pascal Siméonis n'est point mon amant... c'est mon ami!...

— Un ami... auquel on permet les plus tendres caresses.

— Les plus tendres! Vous en avez menti, monsieur! L'homme que j'aime, je l'avoue, que j'aime de toute mon âme, n'a jamais reçu de moi que quelques baisers...

— C'est déjà trop de la part d'une femme qui ne s'appartient point.

— C'est trop, j'en conviens. Mais est-ce à vous, infâme, qui voulez souiller la couche de votre oncle, de votre second père... est-ce à vous de me reprocher un amour dont vous êtes l'auteur!... Car sans vous, sans la haine et l'effroi que vous m'avez inspirés, eussé-je jamais songé à appeler à mes côtés un défenseur!

— En vérité! c'est moi qui suis cause que vous aimez Pascal Siméonis!... ah! ah!... Eh bien! voilà ce dont je ne me doutais guère, par exemple!...

— Vous vous êtes douté cependant, en le voyant venir chaque jour ici, que je ne resterais pas insensible à ses soins empressés et touchants!...

« Pourquoi donc avez-vous affecté de vous éloigner, alors?

— Oh! ceci rentre dans un autre ordre d'explications, et...

— Et comme il est inutile de donner des explications à qui va sortir de ce monde, vous allez donc cesser un entretien inutile, n'est-ce pas? Vous m'avez condamnée... Je me courbe devant votre arrêt. Qu'exigez-vous de plus...

— Ce que j'exige... c'est qu'en sortant de ce monde, vous n'emportiez pas même cette consolation que vous serez pleurée par l'homme que vous aimez?

« Une dernière fois, Anaïs, je vous le demande : voulez-vous m'appartenir? Je vous aime, Anaïs!... Oh! si vous saviez comme je vous aime... et comme j'ai souffert depuis un mois... depuis que cet homme ne vous quitte plus! Cependant, il en est temps encore... soyez généreuse, et je serai généreux aussi! Il dépend de moi encore d'empêcher un malheur... un malheur que vous ne soupçonnez point...

« Une grâce... une seule, Anaïs... et je consens à tout oublier... à tout empêcher!...

— Tout empêcher!... Quoi donc?

— M'accordez-vous ce que j'implore!...

Il l'avait saisie dans ses bras; ivre de passion, ses lèvres effleuraient le cou de la jeune femme...

Mais elle s'arracha à cette étreinte, et palpitante, révoltée, — superbe de mépris et d'horreur :

— Non! s'exclama-t-elle, non! Rien! rien, à ce prix! La mort, la mort plutôt!

Une sorte de rugissement lui répondit. C'était Firmin Lapradt maintenant qui lui présentait le poison.

— Mourez donc, s'écria-t-il, mais apprenez auparavant que, tandis que vous tombez ici, à quelques pas de vous, votre amant tombe lui-même sous les coups d'une bande d'assassins!

— Mon Dieu!

— Et ce n'est pas tout! Il avait une mission à remplir, Pascal Siméonis... ce fameux chasseur de lâches!... une mission sacrée qu'il a oubliée, négligée à vos genoux. Eh bien! non-seulement, par mes ordres, vingt hommes, à cette heure, sont occupés de lui arracher la vie; mais, grâce à moi encore, sa mémoire sera en exécration à la noble dame qui avait placé en lui toute sa confiance; car j'ai trahi le comte de Chalais, et bientôt, convaincu de conspiration, le comte montera sur l'échafaud!

— Mon Dieu!...

— Ah! je vous l'avais promis, Anaïs, que vous mourriez désespérée!... Allons!

La jeune femme reculait, hagarde, affolée devant Firmin Lapradt lui tendant le breuvage mortel.

— Allons, reprit-il, n'avez-vous donc plus de courage!... Bah!... puisque votre bien-aimé a quitté lui-même cette terre!...

Ces paroles parurent rappeler à elle la baronne.

— C'est vrai, balbutia-t-elle... puisqu'il est mort, pourquoi vivrais-je?

Ses doigts touchaient le verre... Soudain, le repoussant avec une telle violence qu'il alla en tournoyant se briser sur le parquet :

— Eh bien! non! fit-elle, je ne veux plus mourir! Je veux sauver Pascal... sa vie... son honneur!... A moi!... à moi!...

Elle avait bondi vers la porte pour l'ouvrir et s'enfuir...

Mais Firmin Lapradt s'était précipité sur ses pas; il saisit la malheureuse femme par le bras, et, la rejetant brutalement dans l'intérieur de la chambre, il dit en faisant briller un poignard :

— Vous n'avez pas voulu du poison... Tant pis pour vous! vous souffrirez davantage!

— A moi!... à moi!... répétait de toutes ses forces la baronne.

— A quoi bon crier, puisque je vous ai avertie que personne ne peut vous entendre, chère tante!...

Et le misérable marchait lentement vers la jeune femme; lentement, sans se presser, en souriant...

Il existe donc des hommes qui peuvent sourire à la pensée d'un meurtre!

VII

Entre la coupe et les lèvres.

Entre la coupe et les lèvres il y a la réflexion salutaire que vous envoie la Providence; entre la main suspendue et le cœur menacé il y a l'éclair, — l'œuvre de la Providence encore! — qui retient le bras et sauve la victime...

S'il l'ignorait, Firmin Lapradt allait l'apprendre.

Mais avant d'en arriver là, il est indispensable que nous nous transportions près de Pascal Siméonis, au *Chariot-d'Or*.

Pascal était rentré chez lui tout triste en quittant madame des Ferriers; tout triste de la tristesse de sa bien-aimée; de cette tristesse dont elle avait remis au lendemain de lui révéler la cause...

Jean Fichet l'attendait, suivant sa coutume; il le congédia, et sa tête dans les mains, assis dans un fauteuil, il se prit à rêver aux causes probables de la mélancolie de la baronne...

Minuit sonnait à toutes les églises environnantes, et le chasseur de lâches était encore à la même place, rêvant encore, à la pâle lueur d'une chandelle aux deux tiers consumée, lorsque, poussant la porte par laquelle on communiquait de la chambre de son maître dans la sienne, Jean Fichet parut tout d'un coup en face de ce dernier.

— Qu'est-ce? dit Pascal, étonné de ce retour subit, étonné surtout en voyant habillé le gros Normand, qu'il croyait couché depuis longtemps.

Mais, sans répondre, Jean Fichet était allé d'abord s'assurer que la porte, — donnant sur l'escalier, — de la chambre de son maître était bien close. Ce soin accompli, et comme si la résistance que promettait la serrure ne lui eût pas semblé une garantie suffisante contre une effraction prévue, il avait placé contre la porte un coffre rempli de bois, — que deux hommes de force ordinaire eussent soulevé difficilement, et qu'il portait, lui, comme une plume.

Pascal regardait faire son valet en commençant à le croire fou.

— Ah çà! que signifie? s'écria-t-il...

Mais Jean Fichet fit un geste comme pour imposer silence à son maître, et se penchant à son oreille :

— Ça signifie, monsieur, dit-il, qu'on nous ménage quelque coup de chien! Quelle espèce de coup... et d'où nous vient-il... je ne m'en doute pas! Pas moins que c'est une chance que j'aie mangé des moules à dîner... — les moules ne me réussissent pas, vous savez, monsieur?... et c'est dommage, car je les adore!... — Bref, que, comme je respirais l'air tout à l'heure à ma fenêtre, j'ai vu quelque chose qui m'a paru louche...

— Et qu'as-tu vu?

— Une douzaine d'hommes qui s'introduisaient par la porte cochère dans la maison.

— Une douzaine d'hommes! Tu dormais éveillé. C'est le petit Riquet, l'apprenti, que tu auras vu rentrer avec un ou deux camarades auxquels il donne l'hospitalité.

— Du tout, monsieur! du tout! Je ne dormais pas! Et, tenez... baissez-vous un peu pour qu'on n'aperçoive pas votre ombre de dehors, et regardez à travers une des vitres de votre croisée. Voyez-vous ces formes noires dans l'encoignure en face, entre l'hôtel des Ferriers et la maison qui l'avoisine?...

Pascal avait exécuté le mouvement auquel il était invité.

— C'est vrai! dit-il, il y a cinq à six individus là...

— Pardi! je les ai vus arriver, aussi... en guettant... comme vous êtes là... par un carreau. Et comme je n'avais pas de lumière, ça m'était plus facile.

« Oh! si le temps était plus clair et si la rue était moins noire, on pourrait distinguer leurs figures.

Pascal s'était relevé.

— Et, reprit-il, tu es certain....

— Qu'il y en a une douzaine, — je n'en démords pas; tout autant; — dans la maison. . oui, monsieur.

— Des voleurs qui viennent dévaliser dame Latapie.

— Oh! monsieur... douze hommes pour une vieille femme... sans compter ceux qui sont restés dehors pour leur prêter main forte au besoin... c'est bien invraisemblable! Monsieur, mon opinion, je le répète, est qu'il y a là-dessous quelque farce à notre intention. Et le nombre des farceurs m'est une preuve que je ne suis pas si bête que j'en ai l'air. Si c'est avec nous qu'on veut rire, on nous connaît donc, et, nous connaissant, on se comporte en conséquence.

« Tenez!... avez-vous entendu? Ils sont dans l'escalier, je le parierais! »

Un léger bruit, aussitôt éteint que produit, avait en effet frappé l'oreille de Pascal.

Il réfléchit une minute. Il se demandait quels pouvaient être ces ennemis, et se rappelant, naturellement, dans la situation, les alarmes secrètes d'Anaïs, il se demandait encore par quelle suite de circonstances la jeune femme avait été amenée à s'inquiéter si à point que l'événement avait immédiatement suivi ses prévisions.

En tout cas, il fallait avoir le mot de ce problème; et Pascal Siméonis n'était pas homme à chercher longtemps un moyen d'affronter le danger.

— Ote ce coffre d'où tu l'as mis! dit-il tout bas à Jean Fichet, et, surtout, qu'on n'entende rien!

— Oh! monsieur, est-ce qu'on a entendu quelque chose tout à l'heure! répliqua en haussant les épaules le gros valet. Une idée qui m'était poussée pour n'être point dérangés pendant que nous causerions.

— Ton idée était bonne tout à l'heure, elle serait mauvaise maintenant.

Le coffre avait repris sa place ordinaire.

— Maintenant, poursuivit Pascal, tu as ton bâton?...

— Le voilà, monsieur. Oh!... quand je flaire une partie de plaisir, moi, je me munis aussitôt de ma badine!

La badine de Jean Fichet était un énorme gourdin de cornouiller, pesant comme du plomb, dur comme du fer.

— Tu as ton couteau, aussi?

— Oui, monsieur; j'ai mon couteau aussi. Mais...

— Tais-toi!

Sur ce, Pascal souffla la chandelle.

***

Le lecteur, nous n'en doutons point, sait quelle espèce d'ennemis menaçaient, à ce moment, Pascal Siméonis.

Gagné par les largesses de Firmin Lapradt, et, dérogeant pour une fois à ses principes, Bascary, le bravo parisien, s'était décidé à se faire chef de bande.

Une bande de chenapans recrutés par lui à la taverne du *Chat-qui-Dort*, et qui, moyennant la rétribution extra-magnifique qu'on leur versa tout de suite, sans compter celle qu'on leur promettait, s'ils sortaient à leur gloire de l'affaire, eussent entrepris, sans sourciller, le siége de la Bastille.

Parmi ces chenapans, il en était un surtout qui, dans un sentiment de haine personnelle, plus encore que par l'appât du gain, avait accepté, avec joie, de jouer son rôle dans l'expédition conçue contre le chasseur de lâches.

On se souvient de l'épisode de l'attaque dirigée par les *Nu-Pieds*, dans la forêt de Hallate, contre M. des Ferriers; épisode par lequel commence cette histoire. On se souvient aussi de la manière dont Pascal Siméonis et Jean Fichet intervinrent en cette circonstance, intervention qui coûta la vie, ou tout au moins quelques semaines de réclusion forcée, — pour cause de jambes ou de bras facturés, — à une grande partie des brigands.

Bref, peut-être encore se souvient-on d'un certain Triffouille, — un des *Nu-Pieds*, — qui, la partie perdue pour lui et les siens, et voyant s'éloigner les vainqueurs, s'était écrié, en répétant, comme pour mieux se les graver dans l'esprit, deux noms qu'il avait entendus tandis qu'il gisait blessé sur la route.

« Pascal Siméonis et Jean Fichet! Si je puis jamais me venger de vous, je n'y manquerai pas! »

Eh bien, celui des coquins enrôlés par Bascary au *Chat-qui-Dort* et qui, instruit des noms de ceux qu'il fallait tuer la nuit suivante, avait dit, en grinçant des dents comme un loup affamé flairant un troupeau de moutons : « Je demande à les frapper le premier! »

Celui-là, c'était M. Triffouille, le *Nu-Pieds*. M. Triffouille qui, remis de ses blessures et désespérant de s'enrichir dans les forêts, était venu chercher aventure à Paris...

Où, du premier coup, le hasard lui fournissait et fortune et vengeance. Deux bonheurs à la fois.

Rendez-vous avait été donné à ces hommes, par Bascary, pour le lendemain samedi, à onze heures et demie, à la taverne.

A minuit moins un quart la bande, pourvue d'armes blanches : épées, dagues, couteaux, poignards, — pour ne pas appeler l'attention du guet, Bascary avait proscrit les armes à feu; une faute qu'il commit là! Une faute pour lui et ses associés... — à minuit moins un quart, l'aimable troupe, se divisant en deux bataillons... — une mesure de prudence encore, — s'achemina par des chemins différents vers le *Chariot-d'Or*.

Acheté par Bertrande, et d'autant plus facilement acheté qu'il était persuadé, sur la foi de la duègne, qu'il ne s'agissait que d'un tour d'étudiants à jouer aux hôtes de sa maîtresse, Riquet, l'apprenti, attendait, près de la porte cochère entr'ouverte, ceux qui devaient jouer ce tour...

En voyant, pourtant, la mine des soi-disant étudiants, le petit bonhomme demeura épouvanté...

Mais Triffouille qui commandait le corps chargé de l'agression intérieure, Triffouille, saisissant l'apprenti par le bras, lui dit :

— Monte devant dans l'escalier qui mène à la chambre de Pascal Siméonis et pas un mot, pas un soupir, pas un éternuement ou je te tords le cou!

Riquet monta.

Cependant le second bataillon, Bascary en tête, — ledit bataillon composé de huit hommes réputés les plus habiles en fait d'escalades, — se postait dans une encoignure en face du *Chariot-d'Or*. Il avait été convenu qu'on entamerait la partie dès qu'on serait en droit de supposer Pascal et son valet couchés. Leurs chambres étaient situées au premier étage, or comme, de la rue, Bascary verrait la lumière s'éteindre dans ces chambres, c'était lui qui devait donner aussitôt le signal. A ce signal, tandis que Triffouille et ses compagnons pénétreraient par l'escalier, Bascary et les siens, grimpant le long de la maison, à l'aide d'engins *ad hoc*, entreraient par la croisée. Une combinaison assez savante. Assaillis de gauche, assaillis de droite, le chasseur de lâches et son valet seraient dans l'impuissance de résister... — Du moins c'était l'espoir des bandits.

***

Pascal avait soufflé la chandelle.

Immédiatement le signal retentit. Un coup de sifflet.

L'air vibrait encore dans la rue, que la porte de la chambre du chasseur de lâches, cédant aux efforts réunis de quatre hommes... — ils ne pouvaient tenir que quatre sur le palier, les huit autres s'échelonnaient en arrière dans l'escalier, sur une des marches duquel le pauvre Riquet resta recroquevillé; — le coup de sifflet avertisseur résonnait encore, disons-nous, que Triffouille et trois de ses acolytes, faisant sauter la serrure de la porte, se ruaient dans la chambre de Pascal.

Une espérance encore de ces messieurs : ils comptaient trouver l'aventurier au lit... au lit, nul ne l'ignore, surpris dans ce costume plus que léger que nécessite le repos, l'homme le plus fort cesse d'être redoutable.

Mais, première désillusion : l'aventurier n'était pas couché, non plus que son valet, et accueillis à coups de bâton et à coups d'épée, maître Triffouille et ses trois amis, avec un cri de douleur et de rage, confessèrent en même temps leur sottise en essayant de prendre du champ...

Mais leurs compagnons qui les avaient remplacés sur le palier leur barraient la route. Se nuisant les uns aux autres par leur empressement même à entrer en lice, les douze misérables, ainsi réunis, resserrés, formaient une masse compacte sur laquelle pleuvaient dru comme grêle les effroyables horions assénés par Jean Fichet, et les estocades de Pascal... Pas moyen de parer l'averse! Les bras étaient collés contre les bras; les poitrines contre les dos!..

Rien que des hurlements comme moyen de défense! Ce n'était pas assez.

Enfin, conseillée par l'instinct plutôt que par la réflexion, par la peur plutôt que par la raison, la queue de la colonne, en opérant un mouvement de retraite, permit à la tête de se replier vers l'escalier...

Une tête un peu ébréchée déjà. M. Triffouille et deux autres ne purent profiter, eux, de l'avantage, — si c'en était un, — qui leur était accordé... Ils étaient tombés expirants.

Au reste, qu'ils voulussent fuir ou seulement respirer, Pascal Siméonis et Jean Fichet ne tinrent point quittes ainsi leurs agresseurs.

— Au coffre! cria le premier au second.

Jean Fichet n'avait pas besoin qu'on lui répétât une chose pour la comprendre. Son maître lui ordonnait d'employer le coffre à bois en manière de *bélier*. Il obéit. Mû par des mains puissantes, l'énorme récipient, dressé tout droit, franchit, en glissant, le seuil de la porte, qu'il barra tout entier, traversa le palier, et, s'abattant sur les brigands, les renversa les uns sur les autres, comme des capucins de cartes, sur les marches de l'escalier...

Tout n'était pas fini, pourtant, encore.

Ce que nous venons de raconter s'était passé en moins de trois à quatre minutes. Trois à quatre minutes; un espace de temps suffisant à Bascary et à ses gens pour accrocher leurs échelles de corde et grimper jusqu'à la fenêtre du chasseur de lâches...

Et proclamons, à la louange de ces messieurs, qu'ils grimpèrent d'autant plus vite que les lamentations de leurs compagnons leur donnaient d'autant plus à entendre qu'il était urgent de les assister!...

Donc, Jean Fichet était occupé de pousser son bélier dans l'escalier, quand la fenêtre, volant en éclats, livra passage à Bascary et à deux coupe-jarrets la dague au poing.

Ils furent reçus par Pascal. Pascal avait prévu cette seconde attaque, elle ne l'émut donc que médiocrement. Seulement, en apercevant, à travers l'ombre, — car on n'oublie point que toute cette scène se passait dans l'ombre; la pâle lueur du ciel, seule, maintenant que la croisée était ouverte, éclairait à peu près la chambre; — en apercevant devant lui ces trois hommes, et derrière eux, près de pénétrer à leur tour, d'autres silhouettes humaines, Pascal résolut aussitôt de changer de mode de combattre. Son épée, si terrible, si sûre d'elle qu'elle fût, ne le débarrasserait pas assez vite de ces nouveaux assassins. Il y avait dans la cheminée une paire de chenets; de ces chenets en cuivre massif, appelés *landiers*, en usage chez nos pères, qui eussent supporté sans plier le poids d'un chêne entier; il saisit un de ces instruments, et s'en fit une arme contre laquelle les dagues ne brillèrent point.

— Qu'est-ce que cela! qu'est-ce que cela! criait Bascary dont le fer, au premier choc avec le chenet, se brisa comme paille. Mais on n'a jamais vu pareilles façons!... Je...

Bascary n'acheva point; le chenet lui avait fendu le crâne. Un second bandit, un troisième roulèrent à leur tour assommés; un quatrième, nonobstant, allait sauter de l'appui de la fenêtre sur le plancher; frappé en pleine poitrine avant d'avoir quitté le balcon, il tomba en arrière dans la rue...

Ma foi, les cinq autres, en train de se hisser, et voyant suspendue au-dessus de leur tête la masse homicide, ne demandèrent pas leur reste... Au lieu de continuer leur ascension, ils rebroussèrent chemin et s'enfuirent...

Un silence lugubre, troublé seulement par le bruit de quelques fenêtres qui s'ouvraient timidement aux alentours, avait succédé au tumulte de la bataille. Ceux que n'avait pas écrasés le coffre à bois dans l'escalier s'étaient sauvés à leur tour...

Jean Fichet avait rejoint son maître près de la croisée...

Tout à coup, un cri déchirant, parti de l'hôtel des Ferriers, arriva jusqu'aux deux hommes...

A ce cri, Pascal, dont le cœur n'avait pas battu tout à l'heure d'une pulsation de plus que d'habitude, Pascal frissonna dans tout son être...

C'est que, — tout son être le lui dit, — ce cri, c'était Anaïs qui l'avait poussé!

Anaïs!... Elle était donc en péril, elle aussi?... Oui!... Tandis qu'on tentait de l'assassiner, lui, un même ennemi pour lui et pour elle la violentait... l'assassinait peut-être!...

Et cet ennemi, c'était Firmin Lapradt! Firmin Lapradt, qui leur avait menti à tous deux en feignant, depuis un mois, d'être guéri de son infâme passion!...

En moins d'une seconde, Pascal vit ainsi se déchirer le voile qui jusque-là lui avait couvert les yeux.

En moins d'une seconde encore il eut pris un parti.

Gagner la rue, par l'escalier encombré de corps, embarrassé par le coffre, était chose difficile...

En tout cas, c'était le chemin le plus long.

— Viens! dit-il à Jean Fichet.

Et, enjambant par-dessus le balcon, il saisit une des échelles de corde abandonnées par les bandits, et se laissa glisser, plutôt qu'il ne descendit, à terre...

Jean Fichet y était presque en même temps que lui.

En cet instant, un second cri, — sortant de l'hôtel des Ferriers toujours, — se fit entendre...

Cette fois, ce n'était pas madame des Ferriers, c'était un homme qui avait crié; ce n'était pas un cri de désespoir, cette fois, c'était un cri de douleur... un cri de mort!...

VIII

La peine du talion.

Nous avons laissé Firmin Lapradt s'apprêtant à frapper la baronne...

Retranchée derrière un fauteuil, — faible obstacle! — la jeune femme regardait, en répétant ses appels d'une voix de plus en plus affaiblie par l'épouvante, le meurtrier marcher vers elle...

Deux pas... deux pas encore, et il l'atteignait!...

Mais, par cette même issue secrète dont s'était servi Firmin pour pénétrer chez sa tante, un homme entra dans la chambre...

Un homme à l'aspect duquel, à son tour, Firmin Lapradt recula.

Cet homme, c'était Lapierre, le cocher.

Le premier soin du brave domestique fut de s'élancer vers sa maîtresse, comme pour lui faire un rempart de son corps.

Et, on n'aura pas de peine à le croire, elle lui évita, d'ailleurs, la moitié du chemin.

Puis, montrant le poing à l'avocat :

— Ah! mon beau monsieur, s'écria Lapierre, c'est donc pour ça, qu'à l'exception de cette chenille de Bertrande, tous les gens de la maison, et leur maître avec, dorment comme des souches!

« Oh! Bertrande m'a tout dit! Il a fallu qu'elle me dît tout... — je l'aurais étranglée plutôt!... — Par votre ordre, à dîner, elle nous a versé à tous un narcotique dans notre vin.

« Mais voilà comment les entreprises les mieux préparées avortent! J'avais dîné dehors, moi, aujourd'hui. Je n'ai donc ni mangé, ni bu, ce soir, à l'hôtel.

« Y êtes-vous, maintenant? Je dormais... mais d'un sommeil naturel... lorsque les cris de madame m'ont réveillé! Et comme je me suis douté tout de suite que je ne pourrais pas parvenir facilement jusqu'à elle, parce que vous auriez pris vos précautions pour n'être point dérangé, j'ai demandé à Bertrande de me montrer le chemin!... Votre chemin, à vous...

« Oh! il y a longtemps que j'étais sûr que vous aviez vos petits moyens pour vous glisser ici!...

« Et, maintenant, sortez, allons!... Vous vous expliquerez demain devant M. le baron. En attendant, je ne quitte pas madame. Sortez... et, je vous le conseille... sortez vite... Sinon... bien que je ne sois qu'un valet, je pourrais vous donner une leçon dont vous vous souviendriez!... »

Lapierre parlait ainsi en soutenant, d'une main, contre lui, Anaïs des Ferriers, chancelante, et, de l'autre, en montrant à Firmin Lapradt le panneau resté entr'ouvert.

Mais Firmin Lapradt ne bougea point.

C'est que, tout en écoutant le valet, il avait remarqué que celui-ci n'était pas armé.

— Ne m'avez-vous pas entendu? reprit Lapierre en serrant les poings.

— Si, répliqua Firmin, mais comme je suis curieux de connaître la leçon dont tu me menaces, drôle... j'attends cette leçon.

— Ah! vous me narguez! Et vous osez m'appeler drôle... vous!... un gueux de la pire espèce!... Oui, oui, je conçois... à cause que vous avez un poignard et que je n'ai que mes mains, moi!... Eh bien! je vas vous montrer ce que peut faire avec ses mains un brave garçon contre un coquin!...

« Restez là, madame... et ne vous inquiétez pas, allez! Je me soucie comme d'un fouet sans mèche de son joujou, à ce monsieur! »

Lapierre avait déposé la baronne, presque évanouie, sur un siége. Il s'avança ensuite résolûment vers l'avocat.

Ce dernier fit deux pas en arrière...

— Tiens! tiens! dit le cocher, vous n'êtes déjà plus si fringant!

— C'est que... j'ai réfléchi, mon ami, dit Firmin Lapradt affectant de baisser la voix et de glisser son poignard dans sa poche.

— Vous avez réfléchi; à quoi?

— Que j'ai eu des torts... de grands torts envers ma tante...

— Bah! vous vous en apercevez à présent; c'est un peu tard!

— Enfin... je désirerais... si tu me promettais que mon oncle ne saura rien de cette fâcheuse aventure!...

— Rien! Le plus souvent! Ça serait trop bête, par exemple, de ne lui rien dire! Au surplus, il fera jour demain!... Cette nuit, déguerpissez!...

Abusé par le ton du jeune homme, par la disparition volontaire du poignard, Lapierre s'était approché de l'avocat, et le poussait, mais sans violence, vers l'issue secrète...

Et madame des Ferriers, qui revenait peu à peu à elle, suivait, en bénissant déjà le ciel du fond de l'âme, les mouvements des deux hommes...

Tout à coup, elle se redressa en poussant un cri... — ce cri qui parvint le premier jusqu'à Pascal Siméonis...

C'est qu'au moment où Lapierre passait devant pour ouvrir tout grand le panneau, la jeune femme avait vu Firmin Lapradt retirer son poignard de sa poche, et, par un mouvement plus prompt que la pensée, le plonger entre les deux épaules du malheureux domestique.

Lapierre ne jeta qu'un cri, à son tour. — Et il tomba, raide.

— Périsse ainsi quiconque essaiera de vous défendre, madame! dit l'assassin.

C'en était trop. Incapable de lutter davantage, madame des Ferriers s'agenouilla, non plus pour demander grâce, mais pour prier Dieu.

La prière même devait laisser insensible le cœur de son misérable neveu.

La vue du sang, d'ailleurs, l'avait exalté. Il bondit vers la baronne... il leva une seconde fois son poignard...

O prodige!... Le poignard lui échappa des doigts, tandis qu'une exclamation de colère jaillissait de ses lèvres...

Pourquoi cette colère, puisqu'il ne frappait point?

C'est que, près de frapper, il s'était aperçu que son poignard n'était plus une arme. Brisée par la force du coup, la lame en était restée aux deux tiers dans la blessure du pauvre cocher, en ne laissant qu'un tronçon inutile aux mains du meurtrier!...

Après le poison, le poignard qui lui faisait défaut!... Satan l'abandonnait-il donc!...

Et il entendait du bruit dans l'hôtel!... un bruit de pas!... Ah! il ne s'abusait point! Il entendait la voix de Pascal qui criait : « Me voici! me voici!... »

Pascal!... Il avait échappé aux vingt bandits!... Malédiction!...

— Je suis mort! se dit Firmin Lapradt; mais, du moins, je ne mourrai pas seul!... D'une façon ou d'une autre, cette femme mourra avant moi!...

Il avait arraché une des torsades de soie qui servaient d'ornements aux rideaux de la fenêtre; il jeta cette torsade autour du cou de la baronne, toujours agenouillée... incapable de se défendre, maintenant!... incapable de penser!...

Elle ne reconnut même pas, elle, la voix de son amant accourant à son secours...

Le temps que met une feuille à tomber de l'arbre sur le sol, un oiseau à voler d'une branche à une autre, et c'en était fait de madame des Ferriers...

Mais, comme quelques minutes auparavant, chez Pascal, au *Chariot-d'Or*, tout d'un coup la porte de la chambre de la jeune femme, renversée, brisée d'un seul élan, s'abattit...

Involontairement, Firmin Lapradt se retourna.

Ce mouvement sauva Anaïs.

Soulevé de terre par une main d'hercule, l'avocat sentit en même temps une autre main lui serrer la gorge... — La peine du talion qu'on lui infligeait : il avait voulu étrangler... on l'étranglait. — Il essaya de se débattre, de crier. Vains efforts!

— Meurs, infâme! dit Pascal. Meurs comme une bête immonde!...

Quelques convulsions horribles! et les doigts du chasseur de lâches, se détendant, laissèrent choir sur le parquet le corps inerte de celui qui avait été un traître à la famille, à son maître, à Dieu!

***

Anaïs n'avait rien vu de cette affreuse scène; elle était sans connaissance.

Après s'être hâté d'enlever le lien qui enserrait son cou, Pascal porta la jeune femme sur son lit et s'occupa de la rappeler à elle...

Pendant ce temps, Jean Fichet retirait de la chambre les deux cadavres, qu'il déposait séparément, — un soin instinctif; au sens du brave valet, dans la mort même, la victime ne pouvait rester près du bourreau; — qu'il déposait dans une pièce voisine...

Pendant ce temps aussi, une rumeur croissante s'élevait dans la rue. Et voici comme :

Aux cris qui partaient, tant du *Chariot-d'Or* que de l'hôtel des Ferriers, une troupe de soldats du guet, en ronde du côté du marché des Innocents, s'était décidée, — un peu tard peut-être, mais mieux vaut tard que jamais; — à accourir...

Et, de leur côté, à l'arrivée des soldats, les voisins, s'enhardissant, avaient commencé à quitter, un à un, leurs fenêtres pour descendre voir ce qui se passait... — ou plutôt ce qui s'était passé.

La vue des engins d'escalade encore fixés à la maison de dame Latapie; le corps d'un des bandits gisant, fracassé, devant sa boutique; la porte cochère de sa maison toute grande ouverte, étaient autant d'indices révélateurs...

La foule, toutefois, tout en observant, à la lueur des torches, ces indices, ne paraissait pas pressée de poursuivre plus loin ses perquisitions. Nous voulons dire qu'ils étaient là une cinquantaine qui répétaient, sur tous les tons, que bien sûr un crime avait été commis au *Chariot-d'Or*.

Mais que pas un, — et il n'y a pas d'exception pour les soldats, — n'avait le courage d'entrer au *Chariot-d'Or* pour s'assurer de la nature du crime.

Ah! écoutez donc! les soldats aussi étaient des bourgeois, en ce temps-là! des citadins!... Et quand il s'agissait de jouer de leur personne, ils y regardaient à quatre fois!...

Tant il y a que ceux-ci se promenant en bavardant devant le *Chariot-d'Or*, ceux-là bavardant en se promenant devant l'hôtel des Ferriers... — car il y avait eu quelque chose aussi, on le savait, dans cet hôtel, dont la porte cochère était également ouverte... Et disons en passant que c'était Bertrande qui avait laissé cette porte ouverte en s'enfuyant à la suite de sa scène avec Lapierre. Circonstance providentielle. Sinon Pascal Siméonis et Jean Fichet n'eussent pu parvenir aussi promptement jusqu'à la baronne. — Tant il y a qu'on n'aboutissait à rien...

Lorsqu'un incident fortuit changea la face des choses.

Un jeune homme à cheval arriva au galop sur le lieu de la scène.

Ce jeune homme n'était autre que Juan de Sagrera.

Pâle, les traits altérés, Juan, tout en sautant à bas de sa monture, — dont un obligeant gamin s'empressa de prendre la bride, — Juan s'était écrié :

— Qu'y a-t-il donc? Et que fait tout ce monde devant cette maison, à cette heure?

— Il y a, mon jeune seigneur, répliqua l'officier du guet, que, suivant toutes probabilités, des voleurs se sont introduits cette nuit au *Chariot-d'Or*.

« Tenez... voici un des leurs qui sera tombé... ou qu'on aura jeté par la fenêtre... comme il essayait d'entrer, sans doute.

Juan regarda le cadavre qu'on lui montrait.

Et, en regardant le cadavre, il se disait :

« Mais si des bandits se sont introduits au *Chariot-d'Or*, c'est peut-être à Pascal qu'ils en voulaient! Ils l'ont tué peut-être! »

— Et vous restez là, cria-t-il aux soldats, vous restez là quand on peut avoir besoin de vous dans cette maison!...

Disant ces mots, Juan avait tiré son épée et s'était précipité comme un fou à l'intérieur de l'immeuble de dame Latapie.

Lorsqu'un seul y entrait, ils pouvaient bien y entrer douze!

Le guet suivit Juan.

Quel spectacle lorsqu'ils atteignirent l'escalier! Deux soldats avaient apporté des torches. A leur clarté rougeâtre, l'aspect de ces hommes étendus sanglants sur les marches et dont quelques-uns respiraient encore, était d'un effet indicible.

Cependant Juan montait, considérant chaque mort ou chaque mourant au visage, en tremblant de trouver Pascal... En tremblant d'autant plus que, tout en montant, il appelait à chaque instant : « Pascal! Jean Fichet!... »

Et que ni Jean Fichet ni Pascal ne lui répondaient.

Escaladant les débris du coffre à bois et les bûches, — car le *bélier* s'était brisé dans son œuvre en semant son contenu, sa force; — Juan gagna enfin le palier de la chambre de son ami...

Des cadavres là encore... mais pas ceux qu'il redoutait de trouver.

Qu'étaient devenus pourtant, alors, Pascal et son valet?

— Peut-être bien que ces messieurs que vous cherchez s sont sauvés? dit l'officier du guet.

— Ceux que je cherche ne se sauvent pas! répliqua Juan

— Il est certain que si ce sont eux qui ont tué tout ce monde. Sapristi, quel massacre! Il y en a au moins huit qu ont reçu leur compte! Mais comment s'y est-on pris pour le arranger de cette façon, voilà ce que je ne conçois pas!...

Juan n'écoutait pas son interlocuteur; par la croisée de la chambre de Pascal, il regardait l'hôtel des Ferriers... à traver les fenêtres duquel il voyait se mouvoir des lumières...

Des lumières portées par Pascal et Jean Fichet occupé pour l'instant, l'un de chercher des cordiaux, l'autre de courir partout pour réveiller maître et gens...

Le page eut une inspiration.

Il connaissait l'intimité des rapports de Pascal avec M. e madame des Ferriers... — Avec madame des Ferriers sur tout.

— Mais, fit-il en se tournant vers l'officier, est-ce qu'il n'y a pas eu aussi quelque chose, cette nuit, à l'hôtel en face?..

— Oui, mon jeune seigneur... il paraîtrait... car je n'en sais pas plus que vous, moi... Mais les gens du voisinage on entendu aussi du train, cette nuit, dans cet hôtel, et...

Juan n'en écouta pas davantage. Plus de doute, l'attaqu des bandits, au *Chariot-d'Or*, coïncidait avec les évènement perpétrés chez M. des Ferriers.

— C'est là qu'il est! se dit le page.

Et il se disposa à descendre l'escalier pour se rendre l'hôtel... — Il se disposa est le mot, car si cet escalier étai difficile à gravir, vu son étrange encombrement, il devait l'ê tre aussi à descendre.

En cet instant, des gémissements, des plaintes, partant d l'étage supérieur, attirèrent son attention et celle des soldat

C'étaient dame Latapie et le petit Riquet qui gémissaient se plaignaient de la sorte. Pendant la bataille, la *mercière* prudemment blottie sous ses couvertures, n'avait pas bronché se contentant d'invoquer pour ses hôtes tous les saints d paradis. La bataille terminée, elle avait ouvert à Riquet qu s'était traîné jusqu'à sa porte en la suppliant de lui donne l'hospitalité, et maintenant, rassurés, — mal rassurés, — pa les clameurs de la foule, maîtresse et apprenti, serrés l'u contre l'autre, se hasardaient à demander qu'on les rassur tout à fait.

On monta près de dame Latapie. Juan l'interrogea, ma elle ne savait rien, elle n'avait rien vu, elle ne pouvait rie dire, et l'apprenti, qui en savait et en avait vu plus qu'elle ne tenait point, — par prudence, — à le révéler. Juan perda son temps là, il s'éloigna.

Eclairé par un soldat, il franchit sans encombres les degré de l'escalier, et, écartant tout le monde amassé dans la rue qui commençait à se glisser à l'intérieur de la maison de l mercière, — pour voir, — il entra à l'hôtel...

La première personne qu'il aperçut sous le péristyle fu Jean Fichet, tenant par l'oreille un valet qui s'obstinait trouver très-mauvais qu'on l'eût tiré de son lit où il dorma si bien.

— Monsieur le marquis! s'écria le gros Normand tout joyeu Par quel hasard...

— Où est ton maître? interrompit vivement le page.

— Là haut, près de madame la baronne des Ferriers, mon seigneur.

— Va le chercher...

— Mais c'est que...

— Va le chercher, te dis-je. Tout de suite! Je le veux!.. Je t'en prie!...

Jean Fichet s'éloigna en courant...

Une minute après il revenait avec le chasseur de lâches.

— Pascal, dit Juan de Sagrera d'une voix profonde, je su convaincu que de chers intérêts vous retiennent dans cett maison...

« Mais, — voyez si *notre* temps est précieux, — je ne vou demande pas seulement ce qui vous est arrivé cette nuit, fa comme chez vous... je vous dis : Pascal, le comte de Chalai est en danger... en grand danger... êtes-vous prêt à m'aider tenter de le sauver?

— Partons! répliqua sans hésiter Pascal.

Et, s'adressant à Jean Fichet qui se disposait à le suivre :

— Toi, reste! fit-il.

Jean eut un mouvement de chagrin. Son maître allait courir sans lui de nouvelles aventures. — Mais il resta.

— Tu diras à madame la baronne, poursuivit Pascal, que si je m'éloigne en un pareil moment... sans même lui serrer la main... c'est que mon devoir me le commande.

Son devoir! En effet, c'était bien le moins qu'il obéît à son devoir après avoir si longtemps obéi à son amour! Mais il était trop tard. Le mal était irréparable.

IX

« Elle est morte, entends-tu? »

Ils avaient quitté Paris; ils galopaient sur la route de Fontainebleau.

Jusque-là, pas un mot échangé entre eux.

Il semblait qu'ils craignissent, en parlant, de ralentir l'allure précipitée de leurs montures.

Cependant comme on approchait de l'auberge de la Forcille :

— Vous m'écoutez, Pascal? dit brusquement Juan.

— Je vous écoute.

— Henri de Chalais est à la tête d'un complot

— Qui vous l'a appris?

— Je vous le dirai tout à l'heure. — Au point du jour demain... ce matin plutôt... en compagnie de plusieurs seigneurs, et secondé par une troupe d'ennemis de M. de Richelieu, le comte doit surprendre et enlever le cardinal à sa terre de Fleury.

— Mais ces renseignements...

— Sont certains. La personne qui me les a donnés n'a pu se tromper... elle ne se trompait pas!... En doutez-vous? Pour m'avertir, cette personne a joué sa vie.

— Sa vie!...

— Oui!... Sa vie. Elle est morte.

— Vous l'avez tuée?

— Tuée!... Elle!... Moi!... Oh!...

Un sanglot jaillit de la gorge de Juan, mais étouffant ce sanglot... raffermissant sa voix :

— Je *la* pleurerai plus tard, fit-il. Maintenant je ne veux avoir qu'une pensée... qu'une seule : celle d'empêcher Henri de se perdre!

Quelle était cette personne dont parlait Juan de Sagrera?... Cette personne qui avait joué sa vie pour l'avertir? Cela était une énigme pour Pascal.

On allait atteindre la Forcille.

Préoccupé des paroles du page, Pascal eût passé devant l'auberge sans lui adresser un regard. — Pouvait-il croire que le mot de l'énigme était là?

Mais la lui montrant du doigt, Juan dit à son compagnon :

— Il faut que nous nous arrêtions ici.

— Dans quel but?

— Vous allez le savoir. Oh! un moment nous suffira d'ailleurs! Nous n'avons besoin descendre de cheval ni l'un ni l'autre.

Point de lumière nulle part dans la maison de maître Gonin. Point de bruit.

— Il ne doit pas dormir pourtant, le misérable! murmura Juan.

— Quel misérable?

Mais sans répondre à cette question, le page, d'une voix retentissante:

— Gonin! Gonin! cria-t-il.

Une croisée s'ouvrit... et, à ce moment, — Juan se rappelait plus tard ce détail, — deux heures sonnèrent à l'église du village de Ferroles...

Deux heures!... Gonin se souviendrait toute sa vie de cette heure fatale. Toute sa vie!... Et les moments de sa vie n'étaient-ils pas déjà comptés? Aurait-il le temps de se souvenir?

C'était lui qui avait ouvert la fenêtre. Il ne dormait pas, Juan l'avait bien prévu.

— Qu'est-ce? fit-il. — Car dans l'ombre il ne distinguait pas les deux cavaliers, et il n'avait pas reconnu la voix qui l'avait arraché de son lit:

— C'est moi, Juan de Sagrera, dit le page.

— Vous, monseigneur! balbutia l'aubergiste.

— Oui, moi, infâme, qui viens t'apprendre que Dieu t'a puni de tes crimes!

« Je sais ta trahison, et c'est ta fille qui me l'a révélée!

— Ma fille!

— Ta fille que tu crois paisiblement livrée au repos, à quelques pas de toi, et qui est à cette heure à Paris, dans mon hôtel.

— Grand Dieu!...

— Attends donc! Je n'ai pas fini! Oui, Bibiane est à cette heure à Paris, chez moi, dans mon hôtel... mais elle y est morte, entends-tu?

— Morte?...

— Morte!

Au cri déchirant poussé par Gonin, un même cri avait répondu à l'intérieur de la maison.

C'était la mère de Bibiane qui avait tout entendu de sa couche et qui se précipitait, éperdue, vers la fenêtre...

Mais Juan de Sagrera avait déjà donné de l'éperon à son cheval; Gonin et sa femme n'avaient pas eu le temps de jeter un second cri, de verser une première larme, et déjà le page et son ami étaient loin de l'auberge...

Quelques secondes encore les deux cavaliers, dévorant l'espace, restèrent muets...

Pascal, après ce qu'il venait d'apprendre, commençant à entrevoir la vérité et cherchant à la dégager tout à fait de ses nuages.

Juan se disant: « N'ai-je pas été trop cruel envers ce malheureux en lui apprenant ainsi sans ménagement la mort de son enfant! »

— Ainsi, entama Pascal, c'est à l'auberge de la Forcille...

— Que se cachaient depuis un mois ces ennemis du premier ministre n'attendant qu'une occasion pour exécuter leurs desseins, sous le commandement d'Henri de Chalais. Oui. Et ce sont eux aussi qui, depuis un mois, ont tué, les uns après les autres, je ne sais combien d'amis de M. de Lafeymas. Ils sont douze... douze Rochelois... tous braves et habiles dans les armes; on les appelle les douze épées du diable. A leur tête se trouve un nommé Jean Farine... une sorte de corsaire. C'est ce Jean Farine qui s'est abouché avec la duchesse de Chevreuse et qui, de concert avec elle, a tout dirigé, car ni Henri ni les autres gentilshommes faisant partie du complot ne connaissent cet homme... pas plus que ses dignes acolytes...

Et Bibiane...

— Bibiane avait découvert le complot depuis longtemps... et c'est pour cela que la pauvre petite était tombée malade. Elle comprenait bien que la perte du cardinal ou celle d'Henri de Chalais serait pour moi une égale douleur. Hier au soir, aussi, devinant aux allées et venues qui se produisaient dans l'auberge, à la suite du passage de M. de Richelieu, que le moment fatal approchait, elle n'a pas hésité. Une demi-heure après le départ des Rochelois, — qui sans doute sont allés s'embusquer aux alentours de Fleury, pour s'introduire à un moment fixé dans le château du cardinal, — feignant le besoin de sommeil, elle a éloigné sa mère. Alors, à la faveur de la nuit, elle s'est glissée hors de sa chambre par la fenêtre, elle a gagné, par les jardins, la grande route et s'est acheminée à pied vers Paris...

— A pied!...

— A pied!... J'avais quitté, fatigué de travail, le Luxembourg; je dormais dans ma chambre, à mon hôtel, lorsqu'un domestique, — qui, heureusement, m'avait accompagné souvent à la Forcille et qui, par conséquent, connaissait Bibiane, — est venu m'éveiller... Quelle pitié, mon ami... Elle avait les pieds en sang tant elle avait marché vite!... Elle ne pouvait plus se soutenir!... C'était à peine s'il lui restait le souffle. Et, cependant, à mon aspect, elle a retrouvé la force nécessaire pour me raconter tout... puis... étendue sur mon lit, — où j'avais voulu qu'on la portât, — elle m'a serré en me souriant la main... — en me souriant. Elle m'aimait tant! — elle m'a dit: « Tu sauveras ton cousin, n'est-il pas vrai... et en récompense de ce que j'ai fait pour lui... pour toi... tu épargneras mon père... »

« Et elle a fermé les yeux; je la croyais endormie! Dans le désordre où m'avaient plongé ses révélations, je ne remarquais pas que sa main devenait froide... glacée...

« Oh! suis-je coupable, lorsque je me suis aperçu qu'elle ne respirait plus, d'avoir oublié quelques instants que l'honneur, la vie peut-être d'Henri de Chalais, — ou tout au moins la fortune de mon bienfaiteur, M. de Richelieu, — étaient menacés! Ma chère Bibiane!... Hélas! tous les soins ont été inutiles. Un médecin, appelé près d'elle, n'a pu que me confirmer la triste vérité. Elle avait quitté cette terre. Elle était montée au ciel prier Dieu pour moi.

« Vous savez le reste, Pascal. Vous aussi, paraît-il, vous aviez de terribles épreuves à subir cette nuit. Et vous en êtes sorti vainqueur. Vous êtes si fort, vous êtes si brave!... Vous me direz tout cela, mon ami. Maintenant, notre unique pensée doit être le salut du cardinal... — le salut d'Henri de Chalais plutôt, car, j'en suis convaincu, le comte ne saurait réussir dans sa téméraire entreprise. Le cardinal a des espions partout... Averti, il a dû prendre des mesures en conséquence...

— Cela est évident... et j'en ai acquis la preuve tout à l'heure de la bouche de madame des Ferriers... qui, près d'être assassinée par son neveu, Firmin Lapradt, le secrétaire du comte, et sauvée par moi, m'a dit que ce misérable s'était vanté à elle d'avoir trahi son maître.

— Firmin Lapradt!... Il trahissait Henri!... Ah! mais on n'est donc entouré que de méchants et de lâches en ce monde!... Et il a voulu assassiner madame des Ferriers, dites-vous?

— Oui, mais... rappelez-vous, monsieur le marquis, M. de Chalais avant tout, maintenant! Quelles sont donc vos intentions à son sujet?

— Mais d'abord, je veux l'empêcher à tout prix de se rendre ce matin à Fleury...

— Mais les Rochelois y sont déjà, peut-être, eux, chez le cardinal!

— Peut-être. Mais peut-être aussi attendent-ils un dernier ordre pour agir.

— Enfin, vous avez raison; l'important est de voir immédiatement M. le comte. Et où pouvons-nous le voir?

— Au château de Fontainebleau, où il a son appartement près de celui de monseigneur le duc d'Anjou.

— Bien. C'est cela; nous nous faisons conduire jusqu'à lui, et après que nous l'avons persuadé, tandis qu'avec lui vous courez chez les autres seigneurs compromis dans cette fâcheuse affaire, je cherche les Rochelois, et de gré ou de force...

« Mais si le comte ignore où sont ces hommes?

— Il est vrai!... Oh! mais la duchesse de Chevreuse ne l'ignore pas, elle, elle ne peut l'ignorer!...

« Et elle parlera... il faut qu'elle parle! »

***

Il était quatre heures et demie quand nos cavaliers entrèrent à Fontainebleau. Le jour commençait à poindre.

Il était temps qu'ils arrivassent. Leurs chevaux n'en pouvaient plus. Quatorze lieues d'une seule traite, c'était rude.

Autant pour laisser respirer leurs bêtes que pour ne pas attirer sur eux une attention dangereuse, Pascal et Juan traversèrent la ville au petit trot. Arrivés devant le château, gardé par une compagnie de Suisses et une compagnie de gardes du corps, ils mirent pied à terre.

Le capitaine des gardes du corps, — M. de Berteval, — les reçut à la grille.

Ce Berteval connaissait beaucoup Juan de Sagrera; celui-ci lui tendit donc la main en lui disant avec une gaieté affectée :

— Parbleu, cher ami, je suis ravi que vous soyez de service cette nuit! J'ai une nouvelle très-sérieuse à communiquer à mon cousin Henri de Chalais; pour la lui apprendre plus vite, mon ami ci-présent, M. Pascal Siméonis, et moi, nous avons crevé nos chevaux. Je vous serai donc obligé de nous faire conduire sans retard à l'appartement de M. le grand-maître de la garde-robe...

Tandis que Juan de Sagrera parlait, Pascal remarquait, non sans inquiétude, un certain trouble dans la physionomie de M. de Berteval.

Il souriait au page, mais il souriait les lèvres pincées.

— Eh bien, reprit Juan voyant le capitaine demeurer immobile.

— Monsieur le marquis de Montglas, dit Berteval, je regrette que la consigne que j'ai reçue me force à vous être certainement désagréable.

« Mais...

La grille s'était refermée; un peloton de gardes du corps et de Suisses s'était rangé, l'arme au bras, à quelques pas de Juan et de Pascal.

— Mais, poursuivit le capitaine, ordre du cardinal, monsieur le marquis de Montglas, ordre du cardinal, monsieur Pascal Siméonis : je vous arrête. — Vos épées, s'il vous plaît?

Juan pâlit; Pascal mesura, machinalement, des yeux, la hauteur de la grille.

Prisonniers! prisonniers tous deux! Prisonniers, lorsqu'ils avaient tant besoin de leur liberté pour s'occuper du salut du comte!

Et ils étaient arrêtés par ordre du cardinal! Plus de doute! le cardinal avait tout découvert, et c'était parce qu'il avait tout découvert qu'il avait voulu, au cas où les deux amis d'Henri de Chalais se présenteraient, les empêcher de communiquer avec le comte.

Dans un premier transport de fureur, — de chagrin plutôt, le chagrin de se voir réduit à l'impuissance, — Juan de Sagrera allait se récrier :

Mais Pascal se pencha vers lui, et à l'oreille :

— Pas un mot! fit-il. A quoi bon!... Laissons-nous conduire, et, où qu'on nous conduise... L'oiseau s'envole quelquefois de sa cage!... Espérons!

X

Où l'homme aux potences se régale, à s'en donner une indigestion.

Cependant, comment Richelieu avait-il eu vent de l'intervention de Juan de Sagrera et de Pascal Siméonis? De Pascal Siméonis, surtout?

Voici :

Lorsque, sur les conseils du commandeur de Valencé, Henri de Chalais était allé confesser sa faute et celle de ses amis au cardinal, ce dernier, on le sait, était, depuis quelques heures déjà, au courant du complot tramé contre lui.

Or, qui avait si bien instruit M. de Richelieu? Avons-nous besoin de le nommer? C'était M. de Lafeymas.

Lafeymas était nécessairement entré dans les plus grands détails au sujet de cette affaire. Nécessairement. Quand on joue le rôle d'espion, il n'en coûte pas plus, et il en rapporte davantage, d'en dire beaucoup. Et puis, le cardinal était très-curieux en semblable circonstance. Curiosité très-naturelle encore. Donc, après avoir donné la liste des conjurés au premier ministre, — liste où manquaient, il est vrai, les noms des instruments subalternes; mais on a beau être zélé, on se heurte quelquefois contre des impossibilités; — questionné sur les autres personnes qu'on pouvait soupçonner d'avoir adhéré, sinon de fait, au moins de pensée, au projet de renverser le premier ministre, Lafeymas avait formulé son opinion...

Et son opinion sur Juan de Sagrera avait été telle que nous la connaissons, que, loin de pousser son cousin à la révolte, le jeune marquis avait toujours eu, au contraire, le désir de l'en écarter...

Lafeymas s'appuyait, à ce sujet, sur la venue à Paris de Pascal Siméonis, décidé, tant pour plaire à la comtesse de Chalais qu'à Juan de Sagrera, à se faire l'égide du comte contre les périls que lui susciterait l'ambition de la duchesse de Chevreuse.

— Ah! fit le cardinal à ce passage des révélations de Lafeymas, ce Pascal Siméonis est acquis si fort au comte de Chalais?

— Acquis corps et âme, monseigneur. Seulement, Pascal Siméonis a eu le tort de devenir amoureux en arrivant à Paris.

— Pourquoi le tort?

— Parce que, comme il est avéré qu'il est très-difficile de courir deux lièvres à la fois, tandis qu'il s'occupait de ses amours, il ne s'occupait point de sa mission.

— Et c'est par dévouement à M. de Chalais, par amour pour une maîtresse, que Pascal Siméonis a refusé d'entrer à mon service?

— Par goût aussi pour son indépendance, je crois, monseigneur. Il vous l'a dit à vous-même, et il n'a point menti. Ce Pascal Siméonis est un original.

— Très-original, en effet.

Maintenant, si l'on s'étonne du jugement, plus favorable, à coup sûr, que nuisible, de Lafeymas à l'égard de Pascal Siméonis, nous ferons remarquer qu'à l'heure où il émettait ce jugement en présence du cardinal, ledit Lafeymas était persuadé que le chasseur de lâches, condamné par Firmin Lapradt, — Tatiane Illitch lui avait raconté sa dernière entrevue avec l'avocat, — ne tarderait pas à succomber.

La certitude d'être débarrassé avant peu d'un homme qu'il détestait rendait Lafeymas presque impartial. Devant la mort, sa haine s'effaçait. Si ce n'était sincère, c'était adroit. Quand on a pas mal de méfaits sur la conscience, il est au moins inutile d'y en assumer encore qu'on n'a pas commis.

Quoi qu'il en soit, comme Lafeymas n'avait pu dire à Richelieu le véritable motif de sa bienveillance envers Pascal Siméonis, et comme, en dépit de son oubli de la mission qu'il s'était imposée, il était à craindre qu'au dernier moment, peut-être, le chasseur de lâches ne vînt, avec Juan de Sagrera, se mettre en travers des desseins du cardinal, celui-ci avait pris les mesures dont nous avons vu les conséquences...

Nous allons voir à présent de quelle façon se déroula cette étrange affaire, où les plus surpris furent ceux qui comptaient surprendre.

Suivant les dispositions dès longtemps arrêtées entre la duchesse de Chevreuse et lui, dans la nuit du samedi au dimanche, de quatre à cinq heures, Jean Farine et ses Douze épées s'introduisaient, par la brèche d'une muraille, dans le parc de Fleury, et gagnaient un bouquet de bois, situé à deux portées de fusil du château, et où ils devaient attendre le signal de Chalais,—un mouchoir agité à une fenêtre,—pour se glisser aussitôt dans les appartements, et égorger les gardes et les valets qui tenteraient de s'opposer à l'enlèvement de leur maître.

Madame de Chevreuse était femme, somme toute : elle n'admettait qu'on versât le sang qu'à la dernière extrémité.

Depuis une heure les Rochelois étaient à leur poste, lorsque six cavaliers sonnèrent à la grille du château. Ces cavaliers étaient Chalais, le grand prieur de Vendôme, Puylaurens, Rochefort, Luxeuil et Moret. Un huissier leur ouvrit. Prenant la parole, — que Chalais lui laissa volontiers, et pour cause, — le comte de Moret déclara assez lestement que, Monsieur devant chasser pendant cette journée aux environs, ils avaient ordre de prévenir M. le cardinal que Son Altesse viendrait déjeuner au château, et que, pour ne point causer de dérangements à Son Éminence, le prince envoyait une partie de sa maison prendre part aux embarras que sa visite allait causer.

C'était à madame de Comballet, nièce du cardinal, — une jolie personne, — que s'adressait ce discours. Elle était debout en haut du perron, au pied duquel se tenaient, le chapeau à la main, les six gentilshommes.

— En vérité, messieurs, dit-elle malicieusement. Son Altesse prenait-elle donc en si grande défiance les ressources de ce château qu'elle crût nécessaire d'envoyer aux officiers de mon oncle un choix de si nobles aides? N'auriez-vous point, par hasard, derrière vous, des chariots chargés de provisions?

— Votre bouche mignonne prête à tout ce qu'elle dit une grâce toute charmante, même quand elle y met de la raillerie, répliqua le comte de Moret. Sur mon âme, il faudrait être bien mal appris pour ne pas lui en savoir gré. Je ferai plus, ajouta le digne fils du Béarnais en ôtant son chapeau gris, sur lequel flottait une seule plume blanche, j'oserai vous remercier par un baiser; et, par les beaux yeux qui me regardent, ce baiser aura de l'écho.

La nièce de Richelieu se prêta de bonne grâce à cette galanterie qui, comme l'avait prévu le gentil bâtard, fut imitée par tous ses compagnons.

Nous supposons pourtant que, pour sa part, de Chalais embrassa assez froidement la dame.

— Ne serons-nous pas assez heureux que de saluer M. le cardinal-duc? dit Puylaurens qui ne perdait pas de vue le motif de l'expédition.

— Pas ce matin! répondit froidement madame de Comballet. Mon oncle, mandé hier au soir par le roi, vient de partir pour Fontainebleau.

— Si tôt! s'écrièrent à la fois les conjurés. — Et il fallut que de Chalais s'écriât avec eux! Quel supplice pour lui que le rôle qu'il avait accepté.

— Oh! messieurs, reprit madame de Comballet, Son Éminence ne dort pas autant qu'on pense!

— Et nous allons vous le prouver s'il vous plaît, messieurs, dit une voix qui fit tressaillir les six gentilshommes.

Cette voix était celle de M de Laguizon, capitaine des gardes de Richelieu; de M. de Laguizon qui venait, soudain, de paraître sous le péristyle, derrière madame de Comballet. En même temps, comme par enchantement, deux compagnies de gardes, armés de mousquets, mèche allumée, accouraient, l'une par le fond du parc, l'autre sortant d'un bâtiment qui se dressait à gauche de la grille.

Lafeymas se tenait près de l'officier commandant cette seconde troupe.

Descendant gravement le perron, M. de Laguizon se dirigea vers le petit bois qu'entouraient maintenant les soldats.

— Que ceux à qui je parle m'entendent! fit-il d'une voix forte. Ils ont une minute pour se rendre à discrétion.

Le feuillage s'écarta et Jean Farine et ses Rochelois se montrèrent l'épée en main.

— Rendez-vous, messieurs! cria de Chalais, emporté par un mouvement généreux qui lui fit oublier que sa précipitation même à commander une honte, était une honte de plus pour lui.

Mais le comte n'avait qu'une pensée en cet instant : le cardinal lui avait promis le pardon; il espérait donc le pardon pour tous.

Jean Farine, cependant, et ses Douze épées considéraient tour à tour, d'un air calme, ces soldats qui formaient un cercle menaçant autour d'eux, et les six gentilshommes immobiles au bas du perron.

— Allons, drôles, s'écria Lafeymas, dépêchons!

— Les drôles, fit le chef des Rochelois, sont les gens de ta sorte, Isaac de Lafeymas. Les espions et les lâches! Si nous n'avions pas été vendus, ton maître serait en notre pouvoir à cette heure, et toi-même tu aurais été rejoindre MM. d'Aguillon, de Balbedor et tant d'autres de tes dignes amis!...

« Mais la partie est perdue! Soit, nous nous rendons! Mais pas à toi, Lafeymas, pas à toi!...

« Allons, messieurs! »

Sur un signe de Jean Farine, chacun des Rochelois, à son exemple, avait élevé son épée vers le ciel comme pour lui adresser un salut suprême; puis on entendit un bruit sec. Les treize lames brisées, d'un seul coup, tombèrent, d'un seul coup, sur le sol.

Se tournant vers les seigneurs, tandis que les soldats garrottaient les Rochelois :

— Veuillez me suivre, messieurs, dit Laguizon.

— Où donc? répliqua Puylaurens.

— A Fontainebleau, près du cardinal qui vous attend.

— Tiens! fit en riant Moret, c'est lui qui nous attend, maintenant!

— Mais ces hommes? s'exclama de Chalais, en montrant Jean Farine et les siens.

— Ces hommes m'appartiennent, monsieur le comte... Monseigneur le cardinal me les a donnés... et, soyez tranquille, ce qu'on me donne, je le garde.

C'était Lafeymas qui parlait en ces termes en s'assurant par lui-même que les cordes qui serraient les mains des prisonniers étaient solides.

— Qu'ai-je fait! murmura de Chalais.

On avait amené les chevaux des six gentilshommes; ils sautèrent en selle et partirent, avec M. de Laguizon, pour Fontainebleau, suivis d'une escouade de gardes.

— Au revoir, belle comtesse, cria le comte de Moret, toujours souriant, à madame de Comballet, demeurée sur le perron. Ah! votre cher oncle est décidément trop fin pour nous!... Et, parole d'honneur, s'il ne prend pas ma tête, cette fois, je lui donne franchement la main!... Tant pis pour moi!

***

L'interrogatoire des prisonniers ne fut pas long. Sans rien avouer de ses rapports avec la duchesse de Chevreuse non plus qu'avec le comte de Chalais, Jean Farine, en son nom comme en celui de ses compagnons, ne niait point qu'il fût venu à Paris dans le but d'enlever le premier ministre...

Il ne niait pas davantage, — on l'a vu, — que les siens et lui fussent les auteurs de la mort des dix raffinés, à l'auberge de la Forcille.

Commencé à sept heures, à huit, cet interrogatoire, — présidé par Lafeymas, dans une des salles basses du château, — était terminé...

Aussitôt Lafeymas sauta à cheval pour aller à Fontainebleau, près du cardinal, lui rendre ses comptes et lui demander ses dernières instructions.

De retour, deux heures plus tard, en compagnie d'un chariot couvert qui portait trois hommes de mauvaise mine, Lafeymas, — dont les traits avaient une expression singulière d'humeur, — entra vivement dans la salle où les Rochelois, sous la garde des soldats, attendaient qu'on décidât de leur sort, et marchant à Jean Farine :

— Vous avez votre grâce, vous! lui dit-il d'un ton brusque.

Et comme Jean Farine le regardait stupéfait :

— Oui, oui, reprit Lafeymas, cela vous étonne, n'est-ce pas?... Cela m'a bien étonné moi-même. Mais c'est ainsi, pourtant. Monseigneur, qui sait la haine qu'ont pour lui les habitants de la Rochelle, veut leur témoigner sa magnanimité sans bornes. Vous avez mérité la mort comme vos compagnons... vous l'avez méritée plus qu'eux, puisque vous étiez leur chef.. et cependant monseigneur vous pardonne.

« Vous partirez ce soir pour votre pays.

Jean Farine écoutait, et il ne comprenait pas encore. Enfin :

— Mais je refuse cette grâce qu'on me donne et que je n'ai pas demandée! s'exclama-t-il.

Lafeymas haussa les épaules.

— Vous refusez !... Vous refusez... fit-il. S'il ne tenait qu'à moi, parbleu, vous n'auriez pas cette peine !... Mais je vous répète que c'est la volonté de Son Éminence. Elle vous donne non-seulement la vie, mais la liberté.

« Allons, qu'on conduise les autres au chariot. Celui-ci reste ici. »

Les trois hommes à face patibulaire entrés, derrière Lafeymas, dans la salle basse, se mettaient en devoir d'obéir en emmenant les condamnés. Mais Jean Farine se levant vivement, s'écria :

— Mais je vous répète que je veux mourir aussi !... je vous répète que je n'accepte pas la grâce odieuse qu'on me fait !...

« Où donc les conduisez-vous, mes amis?

Lafeymas sourit de son sinistre sourire.

— Vous êtes curieux, maître Jean Farine, repartit-il. Enfin, tout vous est permis à vous !

« Nous conduisons ces messieurs à l'auberge de la Forcille... l'auberge de maître Gonin.

« Une surprise que je lui ménage, à ce bon Gonin. — Il était très-lié avec ces messieurs ; mon intention est de les réunir à lui pour toujours. Pour toujours, comprenez-vous?

— Oui, misérable, je comprends que c'est à la Forcille que tu as résolu de venger la mort de tes bandits !...

— Eh ! eh !... N'est-ce pas tout naturel, voyons, cher monsieur Jean Farine, et à ma place agiriez-vous autrement que moi ?

« C'est là qu'ils ont tué .. c'est là que ces braves messieurs seront pendus.

— Pendus !... quoi, c'est là la mort que tu leur réserves, infâme !... Ah ! en effet, le supplice qui t'attend tu aimes à l'infliger aux autres ! Eh bien, pour que ton œuvre soit complète, retourne donc dire à ton maître qu'il s'est trompé, en s'imaginant que je lui saurais gré de m'épargner... que l'aversion que je ressens pour lui s'accroît encore du pardon dont il me souille... Ne m'entends-tu pas, Lafeymas ! Encore une fois je veux mourir avec mes amis !...

— Et moi, au nom de mon maître, je te condamne à vivre. Allons !... qu'on ferme la bouche à cet enragé !... Aussi bien, c'est stupide. Il crie plus à lui tout seul que les douze autres...

« Et pourtant, plus que lui, ceux-là seraient en droit de se plaindre. »

Sur un geste de Lafeymas, les trois hommes s'étaient rués sur Jean Farine et tandis que l'un d'eux le bâillonnait, les deux autres, lui ayant lié les pieds, le jetaient sur le plancher...

Alors, il se passa une scène qui ne manquait point de grandeur...

Tant que leur chef avait protesté contre ce pardon dont on *le souillait*, — l'expression était juste, — les douze Rochelois étaient demeurés muets... immobiles... n'approuvant ni ne désapprouvant...

Mais lorsqu'il fut réduit au silence, lorsqu'ils le virent, comme une masse inerte où il n'y avait de vivant que les yeux, étendu à terre :

— Permettez ! dit un des Rochelois, — Lepercq, — en écartant d'un signe de tête les bourreaux prêts à l'entraîner.

Il s'agenouilla devant le corps de Jean Farine et s'inclinant, de façon à ce que ses lèvres effleurassent le front de ce dernier :

— Jean Farine, dit-il, nous avons été témoin de tes nobles et inutiles efforts pour nous suivre dans la tombe, et nous te remercions, sans en être surpris, de ce que tu as fait.

« Reste donc sur cette terre, puisqu'on t'y oblige. Restes-y pour nous venger !...

— Oui, pour nous venger ! répétèrent d'une seule voix tous les Rochelois.

Et, tour à tour, à l'exemple de Lepercq, chacun des condamnés à mort donna le baiser d'adieu au condamné à vivre.

Lui, ne les entendait plus, ne les voyait plus. Suffoqué par la rage, par la douleur, il s'était évanoui.

***

Nous ne nous appesantirons point sur l'exécution des douze Rochelois. Assez d'écrivains aujourd'hui semblent se complaire dans des récits et descriptions de ce genre...

Et puis, dans l'épilogue de ce livre, il nous reste à conter une scène si terrible, si monstrueuse, que celle dont il s'agit en ce moment pâlirait à côté...

Lafeymas, l'homme aux potences, avait décidé, — il nous l'a dit, — que le lieu où ses amis avaient péri serait le lieu du supplice de leurs meurtriers...

De plus, — il nous l'a dit encore, — il espérait réunir, d'un même coup, dans la mort, les douze Rochelois et leur complice, maître Gonin.

Espoir auquel il crut d'abord être contraint de renoncer. A son grand chagrin ! Quand il arriva à la Forcille avec les condamnés et les bourreaux, — le tout escorté d'une compagnie de gardes, — sauf madame Gonin, l'auberge ne contenait pas une seule créature vivante.

Et encore madame Gonin vivait-elle ? Est-ce vivre que de n'être plus qu'une sorte de machine animée? — En apprenant par la bouche de Juan de Sagrera que sa fille était morte, la pauvre femme était devenue folle. Accroupie dans un coin de sa chambre, les yeux fixes, elle répétait incessamment sur le même ton :

« Allons, messieurs, mesdames, entrez, entrez ! Monsieur Gonin va vous dire votre bonne aventure ! Le passé, le présent et l'avenir !... Entrez, entrez, entrez ! Ça ne coûte que deux sous !... »

Lui-même, en face de cette malheureuse ramenée par la démence au temps où elle aidait la parade sur le Pont-Neuf, lui-même, Lafeymas, frissonna...

Mais ce souffle d'humanité n'eut pas d'autre influence sur ce cœur de granit.

Il avait un devoir à remplir... — une joie à savourer... — par son ordre, trois cordes furent attachées à chacun des balcons de fer des quatre fenêtres s'ouvrant sur la façade de l'auberge de la Forcille...

Moins d'un quart d'heure plus tard, il y avait douze cadavres au bout de ces douze cordes.

Les Douze épées du diable avaient cessé d'exister. Les douze Rochelois, — victimes de leur dévouement à une mauvaise cause, — étaient morts.

Forcés d'assister à ce hideux spectacle, les gardes étaient là, pâles, tournant le dos à la maison devant laquelle se pressaient une centaine de paysans..

Tout à coup, comme Lafeymas, — le vautour fait homme, — examinait si le dernier pendu avait rendu le dernier soupir, le bruit d'un cheval arrivant au galop du côté de Paris, retentit sur la route...

Tout entier à son ignoble inspection, Lafeymas ne prit point garde à ce bruit...

Mais les gardes et les paysans s'en préoccupèrent machinalement, eux ; et l'un de ces derniers s'écria :

— Mais c'est maître Gonin !

— Maître Gonin ! répéta Lafeymas, en bondissant, — et, tout bas, le chef des raffinés ajouta : « Serait-il fou aussi ? »

Maître Gonin n'était pas fou. De loin, il avait pu voir l'affreux aspect de sa maison *décorée* de cadavres...

Et il n'en avait que plus pressé l'allure désordonnée de son cheval...

La foule s'était écartée pour lui livrer passage; il sauta à terre juste devant Lafeymas, et d'une voix calme :

— Vous ne m'attendiez pas, n'est-il pas vrai, monseigneur? dit-il. Eh bien ! me voici pourtant.

« Le temps d'embrasser ma femme, et je suis à vous.

« Oh ! puisque je viens me livrer, vous n'avez pas peur que je cherche à m'enfuir, je pense?

« Au reste, c'est un service plutôt qu'une peine que je vous devrai, quand vous m'aurez attaché là-haut avec ces braves messieurs.

« Ma fille est morte... comprenez-vous ? Ma fille est morte ! Qu'est-ce que je ferais en ce monde désormais !

« J'aime bien mieux la rejoindre. »

Maître Gonin s'était précipité à l'intérieur de l'auberge.

Le misérable ne croyait pas que Dieu lui réservât là une nouvelle douleur.

Il s'approchait de sa femme pour lui dire : « Je l'ai vue... je l'ai embrassée... prends sur mes lèvres, qui ont une dernière fois touché les siennes, un dernier baiser... pardonne-moi et adieu... »

Il recula épouvanté devant un regard glauque, atone...

Il recula en l'entendant glapir : « Entrez, messieurs, mesdames, entrez! La bonne aventure! le passé, le présent et l'avenir... ça ne coûte que deux sous. »

— Marceline! bégaya-t-il, Marceline !...

— Ça ne coûte que deux sous! continuait-elle.

— Oh! Maudit! maudit!... hurla Gonin en se couvrant les yeux de ses mains.

***

Une treizième corde était attachée.

Lafeymas n'était pas homme à laisser impuni un homme, parce que le ciel avait avant lui frappé cet homme.

D'ailleurs, puisque Gonin était venu lui-même s'offrir au châtiment, on ne pouvait faire autrement que de le contenter.

Comme il montait à l'échelle, sa femme, mettant la tête à la fenêtre, au-dessus de lui, répétait :

« Ça ne coûte que deux sous! Ça ne coûte que deux sous. »

La foule des paysans s'enfuit épouvantée. Les gardes se bouchèrent les oreilles...

Quelques-uns pleuraient...

. . . .

Et voilà pourquoi jusqu'en 1670, époque à laquelle elle fut démolie, l'auberge de la Forcille fut appelée l'*Auberge des Treize-Pendus.*

Une auberge d'espèce singulière, d'ailleurs, sans maître et sans clients.

Y eût-il eu quelqu'un pour oser succéder à maître Gonin, quels voyageurs se fussent hasardés dans cette maison de sinistre mémoire?

Pendant quarante ans, les paysans passant, le jour tombé, devant l'*Auberge des Treize-Pendus*, se signèrent tremblants...

On assurait que chaque nuit, à minuit, l'auberge se remplissait de monde. Et quel monde? Ils étaient vingt-trois bien comptés : les douze Rochelois, les dix gentilshommes tués par eux, et maître Gonin...

Et tout cela buvait et chantait, d'abord, gaiement ensemble...

Maître Gonin versait de son meilleur à la ronde.

Puis, à un signal donné, les épées sortaient du fourreau et se croisaient, se heurtaient, étincelantes. Et, au lieu de chansons et de rires, c'était un bruit effrayant de bataille, des hurlements, des menaces, des cris de mort...

Enfin, un son de trompette résonnait...

Les trompettes de Satan qui rappelait en enfer ses hôtes...

Et la maison redevenait silencieuse... — Silencieuse comme une tombe.

Une tombe de damnés.

***

Un dernier mot à propos de la malheureuse mère de Bibiane. Elle mourut dans la même année où étaient morts son mari et sa fille. Elle mourut sans avoir recouvré la raison. — Le ciel eut doublement pitié d'elle.

FIN DE LA TROISIÈME PARTIE.

ÉPILOGUE

I

Cinq mois plus tard.

Pour mettre le lecteur au courant des événements qui eurent lieu depuis ceux que nous venons de raconter, jusqu'au moment où commence notre épilogue, — soit cinq mois après l'exécution de Gonin et des douze Rochelois à l'auberge de la Forcille, — nous ne pouvons mieux faire que d'emprunter les lignes qui suivent à l'excellent ouvrage de M. Bazin, intitulé : *Histoire de France sous Louis XIII.*

L'histoire avant la fiction. D'ailleurs ici la vérité s'allie si dramatiquement à la fable, que nul, nous l'espérons, ne se plaindra de cet emprunt.

« Chalais, — dit M. Bazin, — peu de jours après l'arrestation du maréchal d'Ornano, accepta sa part d'un complot contre le cardinal; mais, pressé par les reproches d'un ami, il alla révéler ce dessein au ministre menacé. Le cardinal lui sut gré du repentir, mais garda le souvenir de l'offense, et, « ce malheureux gentilhomme, » comme l'appelait Richelieu, s'engagea de nouveau dans les intrigues. Pendant le voyage de la cour à Nantes, il arriva qu'un fils du comte de Gramont, appelé de Louvigny, compagnon ordinaire du comte de Chalais dans ses plaisirs et dans ses rencontres, chercha dispute au comte de Candale. Chalais refusa de l'assister en cette occasion, et Louvigny, pour se venger d'une préférence, se fit le délateur de son ami.

« Le cardinal venait de rejoindre le roi à Nantes, lorsque le conseil fut appelé à s'occuper de ce qu'on appelait : « la conspiration de Chalais, » et à quelques discours imprudents qu'on lui attribuait se joignait un seul fait qui paraissait avoir un peu de gravité. Il avait, selon son dénonciateur, envoyé un exprès au marquis de la Valette pour savoir si le duc d'Anjou, en s'échappant de la cour, pourrait trouver à Metz une retraite assurée (8 juillet). Aussitôt on le fit arrêter dans son lit, et on lui donna pour gardien un exempt de la compagnie écossaise avec l'honnête emploi de recueillir ses plaintes pour les ajouter à son crime. Le même jour, le garde des sceaux, Michel de Marillac, fut commis avec un conseiller d'État, « afin d'informer secrètement de plusieurs menées et factions très-importantes, décréter contre toutes personnes que besoin serait, et instruire leurs procès, pour les dits procès instruits, être par le roi pourvu de tels juges qu'il lui plairait de choisir. »

« Ce n'était pas tout encore. La reine, femme du roi, se montrait opposée au mariage de son beau-frère avec mademoiselle de Montpensier. C'était la duchesse de Chevreuse, son amie et confidente, qui avait fait agir le comte de Chalais, et chaque jour on rapportait, de la prison où il était enfermé, quelques aveux, vrais ou supposés, qui faisaient monter jusqu'à la reine d'odieux soupçons.

« Cependant le mariage s'accomplit. Lorsque, de sa prison, le comte de Chalais entendit le canon qui annonçait la cérémonie, il s'écria en levant les yeux au ciel : « Oh! cardinal, que tu as un grand pouvoir. »

« Cette exclamation, qui flattait la vanité du cardinal, ne désarma pourtant pas sa colère. Au milieu des fêtes, au bruit des réjouissances publiques, on instruisait froidement le procès d'un malheureux. Le jour même des fiançailles, le parlement de Rennes enregistrait des lettres patentes contenant l'érection d'une chambre criminelle à Nantes, « pour juger plusieurs conspirations et crimes de lèse-majesté au premier chef, dont la preuve pouvait être divertie et altérée si le jugement en était différé. « Dès longtemps, tout avait été préparé pour que l'accusé parût coupable. Il comptait lui-même trouver son salut dans la confession de ses torts, et le cardinal en avait reçu l'aveu de sa propre bouche. Deux lettres adressées au roi par le prisonnier font foi de sa franchise et en même temps des espérances qu'on lui avait données. Cependant les juges s'assemblèrent. Trois témoins seulement furent entendus. L'un était cet ami qui l'avait dénoncé, les deux autres, ses gardiens. On produisit en outre une déclaration de Monsieur, signée en présence du roi, de sa mère, du cardinal et des commissaires, contenant les avis et conseils qu'il avait reçus de l'accusé. L'arrêt de la chambre criminelle, rendu après cinq jours d'examen (17 août), le déclara coupable du crime de lèse-majesté, « en réparation duquel crime il était condamné à subir la torture pour révélation de ses complices, puis à avoir la tête tranchée sur un échafaud, pour être ensuite cette tête mise sur une pique, le corps coupé en quatre quartiers et attaché à pareil nombre de potences, tous les biens du condamné demeurant confisqués, sa postérité déclarée ignoble et roturière. » Le roi, sollicité par la mère du coupable, avec des paroles nobles et touchantes, crut faire acte de clémence en retranchant de cette condamnation ce qu'elle avait de flétrissant et d'inutilement atroce ; il ordonna que « la question serait seulement présentée au condamné avant le supplice, » et que son corps et sa tête seraient remis à sa mère pour les ensevelir en terre sainte. »

***

Ainsi le malheureux Chalais n'avait éprouvé, une fois, le pardon de Richelieu, à la suite de l'expédition de Fleury, que pour se remettre bientôt à la merci du cardinal en conspirant de nouveau contre lui.

Convenons, quoi qu'on puisse dire de la cruauté de Richelieu, que cette cruauté avait quelquefois ses raisons d'être.

Amené à Fontainebleau, par M. de Laguizon, avec les cinq autres conjurés, Chalais, ainsi que ses compagnons, avait d'abord reçu du roi une assez verte semonce.

« Je n'entends pas, s'était écrié Louis XIII, que personne se place entre moi et mon premier ministre. »

Et il avait terminé en ces termes :

« Votre sort est entre les mains de Son Éminence. C'est à elle d'en décider. »

Son Éminence avait décidé qu'elle oubliait tout... — pour le moment. — Sauf le grand prieur de Vendôme qui fut arrêté quelques jours plus tard et conduit au château d'Amboise ; — sauf les douze Rochelois et maître Gonin, pendus aux barreaux des fenêtres de l'auberge de la Forcille, — personne alors n'eut à se plaindre du ressentiment de M. de Richelieu.

Poussant en cette occasion la générosité, — apparente, — jusqu'aux dernières limites, le cardinal, après avoir reproché paternellement à Chalais ses mauvais desseins, lui dit, en lui donnant congé :

« Allez, monsieur le comte, et ne péchez plus. Et pour éviter toute tentation à l'avenir, au lieu de suivre les conseils de l'amour, suivez ceux de l'amitié. »

L'amour, c'était madame de Chevreuse, qui, instruite de l'échec éprouvé par les conjurés, s'abritait, frémissante, contre la rancune de Richelieu, sous l'égide de la reine.

L'amitié, c'étaient Juan de Sagrera et Pascal Siméonis, qui, quelques secondes après l'entretien de Son Éminence avec Chalais, étaient mis en liberté ; liberté dont ils s'empressaient d'user pour joindre le comte.

Mais le comte avait en ce moment trop de motifs de colère contre lui-même, pour être sensible aux protestations de son jeune cousin, à celles de Pascal Siméonis.

— Monsieur le comte, lui avait dit ce dernier, jadis, sous le nom de Valentin Caillat (1), j'ai eu l'avantage de vous rendre quelques services ; sous celui de Pascal Siméonis, aujourd'hui, je n'ai peut-être pas fait tout ce que j'avais promis de faire pour vous prouver mon dévouement. — Et ce sera pour moi une cause de remords éternel. — Mais ce qui est différé n'est pas perdu. Veuillez vous souvenir que je vous appartiens et, en quelque occasion que ce soit, user sans compter de mon cœur et de mon bras.

— Mes ennemis sont trop haut pour que votre bras puisse les atteindre, messire Siméonis, répondit, d'un ton amer, le comte.

— Cependant, mon cousin, s'écria Juan de Sagrera...

— Cependant, interrompit brusquement Chalais, s'adressant à Pascal, c'est ma mère, n'est-il pas vrai, monsieur, qui vous avait chargé de veiller sur moi ?... Eh bien! il ne me plaît pas que, de près ou de loin, personne s'arroge le droit d'enquête sur mes actions.

« J'ai perdu une première partie contre le cardinal... nous verrons la seconde !

« Jusque-là, mon cher Juan, monsieur Siméonis, souvenez-vous que j'entends marcher libre... toujours libre ! »

Il n'y avait rien à répliquer à une volonté si formellement exprimée. En dépit de cause, pourtant, à cent lieues l'un et l'autre de soupçonner que le comte se fût vendu lui-même, Juan de Sagrera et Pascal Siméonis s'occupèrent de rechercher les délateurs de ce complot qu'ils avaient été impuissants à surprendre et à déjouer. Pascal savait déjà, par madame des Ferriers, que Firmin Lapradt s'était vanté d'être un de ces délateurs. Un billet, signé de Tatiane, trouvé sur le corps de l'avocat, servit encore au chasseur de lâches pour se lancer sur la piste. Mais, en apprenant le résultat de l'affaire de Fleury, Tatiane Illitch s'était empressée de quitter Paris. Où était-elle ? Dans quelque retraite mystérieuse, sans doute, à l'affût de quelque imprudence nouvelle de Chalais. Lafeymas, lui-même, chargé d'une mission par le cardinal, avait disparu de la capitale. Nul moyen donc de découvrir la vérité sur le passé, et, quant à l'avenir, on l'a vu d'après les paroles d'Henri de Chalais, Juan de Sagrera et Pascal Siméonis ne devaient guère compter que sur le hasard pour en saisir les secrets. Juan continuait son service près du cardinal qui le traitait toujours avec affection. Quant au baron des Ferriers il vivait seul, et triste. Bien triste. Frappé de la mort de son neveu, et, contre l'évidence, se refusant à admettre les crimes qui avaient amené son trépas, le baron des Ferriers était retourné à Beauvais avec sa femme...

Deux fois par semaine, Pascal recevait une lettre de celle qu'il aimait ; deux fois par semaine, à son tour, il lui écrivait, et cette correspondance était l'unique joie de ces deux âmes que le ciel n'avait rapprochées un moment que pour mieux leur faire comprendre les douleurs de la séparation.

***

Quelques détails encore, puisés également à une source historique, au sujet de cet infortuné gentilhomme, à qui la duchesse de Chevreuse disait quelquefois, dans des moments d'épanchement intime : « Hélas, mon ami, votre conscience est de bonne composition, mais c'est un vase qui fuit. »

Lorsqu'on arrêta le comte de Chalais à Nantes, le garde des sceaux, Michel de Marillac, magistrat sévère, mais intègre, fut nommé président de la commission chargée de juger l'incriminé. Cette commission se composait, d'ailleurs, de conseillers et de maîtres de requêtes au Parlement de Bretagne, avec lesquels la duchesse de Chevreuse, — qui n'avait pas abandonné son amant, — se trouvait déjà en rapport de coquetterie. Tous l'assuraient que la vie du comte n'était point compromise. Désireuse de correspondre avec le prisonnier dont elle redoutait, comme toujours, les inconséquences, madame de Chevreuse fatigua longtemps sa féconde imagination de la recherche d'un moyen heureux. Enfin, s'étant rappelé qu'on affectait de servir à M. de Chalais des repas splendides, elle fit venir le laquais qui les lui portait, le gagna sans peine et glissa dans une grosse fraise ananas, artistement creusée, ce billet concis : « Gardez qu'il vous échappe aucun aveu, aucune déclaration devant le cardinal. Un seul mot hasardé aggraverait votre position. Espérance, vous avez des amis, une tendre amie, ils veillent. »

(1) Voir les *Trois Luronnes*.

Par malheur, le valet payé par madame de Chevreuse espéra l'être magnifiquement par le cardinal, et deux récompenses lui parurent préférables à un scrupule. Richelieu portait la défiance jusqu'à visiter tous les aliments qu'on portait à Chalais, mais il est probable qu'un papier assez petit pour être contenu dans une fraise eût passé inaperçu si le cupide servant ne se fût empressé de poser un doigt délateur sur le facteur végétal. Son Eminence en tira l'écrit, le lut, et le replaçant sous son enveloppe vermeille, dit avec un sourire: « Rends-lui ce message, mon garçon, c'est un gentil expédient qui l'amusera sans dommage pour moi. »

La commission opina pour la mort, sauf trois membres qui se souvinrent de leurs promesses à madame de Chevreuse. Michel de Marillac était un de ces trois membres.

L'arrêt du grand maître de la garde-robe lui fut lu vers le lever du soleil; il l'écouta avec un calme parfait. Il devait être exécuté le lendemain matin. Le jour même de la condamnation, pourtant, une partie de la cour affluait auprès de Louis XIII et faisait retentir ses appartements des cris de: « *Grâce! grâce!* » Ce fut en ce moment que Marillac, le visage défait, les cheveux en désordre, et couvert encore de sa simarre poudreuse, perça comme un trait la foule suppliante pour arriver au roi, qui marchait à grands pas dans la chambre, les yeux entièrement couverts par ses épais sourcils.

— Que désirez-vous de moi, monsieur? s'écria Louis, en relevant, par un mouvement convulsif, sa terrible paupière.

— Sire, la grâce d'un homme... d'un grand officier du trône.

— Dites d'un traître, qui ne s'est pas fait faute de me déchirer le sein.

— Votre Majesté tomberait en de cruelles alarmes si elle voyait la base fragile où repose l'accusation.

— Ne l'avez-vous pas condamné? demanda Louis XIII.

— Moi, Sire! Que Dieu sauve à ma vie le soupçon d'un si horrible assassinat. Si j'avais pu participer à cet arrêt inique, je ne paraîtrais à cette heure devant Votre Majesté que pour me poignarder en sa présence.

— Monsieur de Marillac, le traître Chalais doit périr! s'écria le monarque d'une voix retentissante. Puis, saisissant le bras du garde des sceaux, Louis ajouta d'une voix étouffée: Écoutez, je suis clément, très-clément! Si je ne l'étais pas, la tête de mon frère, la tête de la reine heurteraient en tombant celle de leur complice. Mais Dieu, qui n'est plus dans leur cœur félon, demeure encore au fond du mien... il me crie d'épargner le sang royal, et pourtant l'échafaud en a soif.

Les courtisans frémirent, Marillac s'éloigna désolé.

II

Comment on fit disparaître le bourreau.

Dès le premier jour où Henri de Chalais avait été arrêté, le cardinal avait permis à Juan de Sagrera de quitter son service pour se rendre près de la comtesse, à Fleurines...

Et bien que, comme la duchesse de Chevreuse, comme tout le monde à la cour, Juan de Sagrera ne crût pas la vie du comte en danger, son premier soin fut d'engager madame de Chalais à le suivre à Nantes afin d'y être plus à même d'intercéder pour son fils...

Et la comtesse d'ailleurs n'avait pas besoin d'être sollicitée dans ce sens. C'était une femme forte, nous l'avons dit au début de ce livre. Quel que fût le sort réservé à Henri, elle voulait le connaître la première.

Singulier mélange d'indulgence relative et de sévérité! Richelieu apprit bientôt que la comtesse de Chalais était à Nantes; il sut qu'elle voyait souvent madame de Chevreuse; qu'elle avait vu deux à trois fois la reine; qu'on lui avait même promis de lui ménager une entrevue avec le roi...

Et il ferma les yeux là-dessus.

Mais lorsque la comtesse lui fit demander la permission d'embrasser son fils dans sa prison, il refusa net.

— M. de Chalais appartient à la loi, dit-il, la nature n'a plus de droits sur lui.

En recevant cette réponse, madame de Chalais ne s'illusionna pas. « Henri est condamné! s'exclama-t-elle. Il sera sacrifié. »

Sacrifié, à qui? A quoi? ceci est le secret de la tombe, de la tombe de Richelieu. Aujourd'hui encore, consultez tous les historiens et vous n'y trouverez pas la cause évidente, palpable, le mot vrai de ce qu'on a appelé: *la conspiration de Chalais.*

Le même jour où la mère du comte arrivait à Nantes avec Juan de Sagrera, Pascal Siméonis y arrivait aussi.

En partant pour Fleurines, Juan avait écrit au chasseur de lâches:

« Mon ami.

« Nous n'avons pu *le* garantir d'un premier coup, serons-nous plus heureux cette fois? En tous cas, hâtez-vous d'accourir. »

L'aventurier savait déjà par le bruit public l'arrestation de M. de Chalais; il s'apprêtait à partir pour Nantes lorsqu'il reçut la lettre du jeune marquis de Montglas.

C'était dans un hôtel de modeste apparence, — situé près de la cathédrale, — que s'était fixée la comtesse de Chalais:

— Monsieur, dit la noble dame à Pascal, en lui tendant la main, j'avais mis, il y a quelques mois, toute ma confiance en votre intelligence et en votre courage, pour détourner le péril de mon fils; Dieu n'a pas voulu sanctionner mes vœux et vos bonnes intentions. Poussé par la fatalité, le comte de Chalais n'a écouté ni vos conseils, ni les miens. Pour la seconde fois il s'est livré à ses ennemis. Quel sera le résultat de cette seconde épreuve? Quoi qu'il en soit, je ne désespère point. Coupable ou non, j'ai résolu de disputer, jusqu'au dernier moment, mon fils à la mort, et vous m'aiderez dans cette tâche, n'est-il pas vrai?

— De toutes les forces de mon âme et de mon corps, madame.

— C'est bien. Attendons donc les événements et, suivant ces événements, nous agirons.

***

Les événements, on les connaît; Henri de Chalais fut condamné à mort, le 17 août.

Pascal Siméonis, en arrivant à Nantes, en compagnie de Jean Fichet, était allé demander l'hospitalité à Anténor de la Pivardière qui habitait, avec dame Sylvie, sa femme, — sa seconde femme, — une maisonnette bâtie presque au pied du Bouffai, un des plus anciens châteaux de Nantes.

Pascal se croyait, à raison, plus à l'abri de la curiosité, chez la Pivardière, que dans une hôtellerie.

Et il avait fallu voir, au reste, comme il avait été accueilli par les deux époux!..

Dame! messire de la Pivardière devait bien quelque reconnaissance au chasseur de lâches! Et quant à dame Sylvie qui avait reçu, on se le rappelle, de Pascal, une somme de mille livres, en espèces sonnantes, — mille livres qui lui tombaient du ciel! — après avoir vainement sollicité un ancien débiteur de sa famille de lui solder cent malheureuses pistoles! — Car c'était pour cela que six mois auparavant, — en l'absence de son mari, et escortée du cousin Yvon Legallec, — c'était pour cela que dame Sylvie avait entrepris le voyage de Paris: pour réclamer son dû; — quant à la gentille Bretonne, disons-nous, qui, tout en ne comprenant pas trop comment on pouvait se trouver en arrière de mille livres envers son mari, ne les avait pas moins empochées, toute joyeuse; c'était toute joyeuse aussi qu'elle avait vu Pascal Siméonis venir lui dire un jour:

« Il me faut un asile pour quelques jours ; voulez-vous me donner cet asile ? »

Ce jour-là, vers six heures du soir, assis sur le pas de la porte de la maison de la Pivardière, Pascal considérait distraitement le vieux château du Bouffai, — dressé, comme un noir géant, devant lui, — tout en guettant le retour de Jean Fichet qu'il avait envoyé en ville pour avoir des nouvelles.

Car le jugement d'Henri de Chalais n'était pas encore connu à cette heure ; on ne supposait même pas qu'il fût rendu si vite.

Aux côtés de Pascal se tenait la Pivardière.

— A quelle époque remonte à peu près la construction du Bouffai ? dit tout à coup, à son compagnon, Pascal, désireux de s'arracher à ses préoccupations par un entretien quelconque. Vous devez savoir cela, Anténor ?

— Très-bien ! répliqua ce dernier. Il serait singulier que je ne connusse pas l'histoire de mon voisin !

Et avec la volubilité d'un enfant qui récite une leçon dès longtemps gravée dans sa mémoire, l'homme aux deux femmes s'exprima ainsi :

« Le château du Bouffai fut bâti en 990 par Alain, dit Barbe Torte, et servit de palais à plusieurs ducs de Bretagne. Elevée entre l'Erdre et la Loire, flanquée de ses quatre tours, cette forteresse pouvait braver les armées ennemies. Budic, comte de Nantes, y soutint un siége de deux ans contre Geoffroy, duc de Bretagne ; ce dernier, voyant échouer tous ses efforts, fut obligé de conclure la paix. En 1472, Jourdain Faure, abbé de Saint-Jean-d'Angély, fut enfermé au Bouffai sous l'accusation d'avoir empoisonné le duc de Guyenne, frère de Louis XI, et allié au duc de Bretagne. On assure que, durant l'instruction du procès, des bruits extraordinaires se firent entendre dans la prison, et, qu'au milieu d'un orage violent, la foudre tua le meurtrier avant qu'on pût connaître ses complices et les véritables causes de son crime. » Voilà !

Pascal avait souri, malgré lui, à cet échantillon de l'érudition de son ami.

— Et comment se nomment ces îles ? fit-il en désignant du doigt deux îles, assez vastes, formées par l'amoncellement des sables au milieu de la Loire, en face du Bouffai.

— Elles se nomment la Bissette et la Gloriette. On y communique, comme vous voyez, par un pont bâti il y a quarante ans, nommé le pont de la Madeleine.

« C'est à la Bissette que demeure...

La Pivardière s'arrêta court.

— Que demeure ? répéta Pascal étonné de cette interruption soudaine.

— Le bourreau, fit Anténor en baissant la voix.

Sachant le motif des préoccupations de Pascal, le brave garçon, dans un motif facile à comprendre, s'était repenti, — trop tard, — d'avoir amené la conversation sur cet instrument humain destiné, peut-être, à jouer bientôt son rôle dans le procès du comte de Chalais.

Et Pascal fronça le sourcil, en effet, en murmurant :

— Ah ! C'est là que demeure le bourreau !...

Au même instant deux hommes parurent sur la route aboutissant au Bouffai. Ces deux hommes étaient Juan de Sagrera et Jean Fichet. Ils marchaient à grands pas...

Et, à leur aspect, Pascal sentit se convertir en une émotion poignante l'impression déjà si pénible que lui avait causée ces mots : « le bourreau, » prononcés par la Pivardière...

C'est que Juan de Sagrera accourait bien pâle, et Jean Fichet, lui-même, bien sombre !

— Venez!... Venez, Pascal! s'écria Juan en passant son bras sous celui de l'aventurier pour l'entraîner à l'intérieur de la maison.

Et le page continua, en se tournant vers la Pivardière qui s'écartait par discrétion :

— Oh! Venez aussi, monsieur! Je sais que vous aimez M. Siméonis... vous pouvez donc m'entendre!...

« D'ailleurs, nous ne serons pas trop de quatre, peut-être, pour exécuter ce que j'ai résolu.

Ils étaient dans une pièce écartée.

— Henri de Chalais est condamné à mort! dit brusquement Juan de Sagrera.

— A mort!... s'exclamèrent en même temps Pascal et Anténor.

— Oui, poursuivit le page. C'est ainsi que les juges tiennent leurs promesses; ils envoient le comte à l'échafaud. Son exécution est fixée à demain matin.

— Et la duchesse de Chevreuse, avec l'appui de la reine, n'a pu...

— La duchesse de Chevreuse a quitté Nantes, il y a une heure.

« Elle est bannie du royaume.

« La reine est consignée dans ses appartements.

« Mais, attendez, Pascal. Grâce à M. de Marillac, la comtesse de Chalais doit être introduite demain près du roi.

— Demain... mais il sera trop tard demain!...

— Il ne sera pas trop tard si nous voulons.

— Parlez...

— Vous savez où demeure le bourreau, je suppose, monsieur de la Pivardière?

Le mari de Sylvie échangea avec Pascal un regard éloquent.

— Oui, repartit ce dernier, *nous le savons*.

— Eh bien, à tout prix, il faut faire disparaître cet homme! continua Juan. A tout prix, vous m'entendez? J'ai apporté de l'or... beaucoup d'or... qu'on lui donnera s'il consent à se cacher...

« S'il refuse!...

— C'est mon affaire! dit Jean Fichet.

— Le bourreau caché... enfui, force est aux juges de surseoir à l'exécution. Cependant madame de Chalais se présente au roi. Elle le prie... elle l'implore... comme peut prier, implorer une mère... Et à moins qu'il n'ait un cœur de tigre...

— Il change en un exil la peine prononcée par les juges. Cela est à espérer, monsieur le marquis. Mais...

— Vous voyez un obstacle à mon projet, Pascal?

— Non... seulement, est-il prudent de nous rendre tous les quatre... chez... chez le bourreau? N'y a-t-il pas à redouter que des espions nous aperçoivent... nous suivent, et, lors même que cet homme consentirait à nous obéir, ne réussissent à se mettre entre nous et lui?

Juan de Sagrera secoua la tête.

— Vous avez raison, mon ami, reprit-il. Les espions du cardinal sont d'autant plus à redouter que, depuis hier, leur chef est dans les murs de Nantes.

— Lafeymas?...

— Oui...

Un éclair jaillit de la prunelle de Pascal.

— Quoi qu'il arrive, dit-il, je crois que M. de Lafeymas a été mal avisé de venir à Nantes quand j'y suis...

« Enfin...

— Une idée! s'écria la Pivardière. On ne se défie pas de moi... comme on peut se défier de vous, messieurs. Si j'y allais, moi, avec Jean Fichet, chez Lemahuré?

— Lemahuré? fit Juan. Ah!... C'est ainsi que se nomme le...

— C'est ainsi qu'il se nomme.

— En effet, dit Pascal. Vous lui portez ce que monsieur le marquis lui offre pour se cacher...

— Dix mille livres, dit Juan. Voici la somme.

— S'il accepte, poursuivit Pascal, cela va tout seul. Reste seulement à s'assurer si la cachette qu'il aura choisie est sûre...

— On s'en assurera! dit la Pivardière.

— S'il n'accepte pas!...

— Je le cache, malgré lui, c'est tout simple encore, s'écria Jean Fichet. Et s'il fait trop le méchant, je le cache de façon qu'il ne se retrouve pas lui-même.

— Partez donc; nous restons ici, monsieur le marquis et moi, à vous attendre.

— Oh! nous n'en avons pas pour longtemps!

***

La Pivardière et Jean Fichet étaient partis. Pascal et Juan qui les suivaient des yeux les virent gagner le pont de la Madeleine et descendre dans l'île de la Bissette...

Lemahuré, le bourreau de Nantes, occupait, — seul, sa femme était morte l'an dernier, et il n'avait pas d'enfants; — une bicoque bâtie sur les bords de la rivière, au nord de l'île, et qu'entourait un jardin fort bien cultivé, ma foi! Lemahuré aimait à la passion le jardinage; la culture des roses surtout; il possédait de magnifiques rosiers.

La Pivardière et Jean Fichet le trouvèrent en train d'écheniller ses arbustes favoris.

C'était un homme d'une cinquantaine d'années, aux allures calmes, paisibles. La mine d'un bon bourgeois retiré du commerce plutôt que celle d'un coupeur de têtes de profession.

— Qu'y a-t-il pour votre service, messieurs? dit-il en saluant poliment ses visiteurs.

— Peu de chose, dit la Pivardière, entrant, sans préambules, dans la question. Peu de chose pour vous... beaucoup pour nous.

« Le comte de Chalais, détenu, — comme vous ne l'ignorez point, sans doute, — dans le château fort de la ville, vient d'être condamné à mort.

— Ah! fit Lemahuré, en abattant, d'un coup de serpette, une *pousse gourmande* d'un superbe rosier de Provins. Après?

— Après. Il doit être exécuté demain.

— Et puis?

— Et puis... comme nous ne voulons pas qu'il soit exécuté et qu'en le privant du bourreau l'échafaud ne peut fonctionner... nous venons vous offrir dix mille livres pour vous enfuir... ou vous cacher.

— Dix mille livres!

— Les voici.

Lemahuré regardait d'un œil tour à tour avide et défiant le sac d'or qu'on lui présentait et les deux hommes. Après un moment de réflexion :

— Écoutez, messieurs, fit-il, il n'est pas malaisé de deviner que si je vous dis non, vous m'obligerez à dire oui... ou du moins à me comporter, malgré moi, comme si j'avais dit oui...

— Bien raisonné! fit Jean Fichet.

— N'est-ce pas? Par conséquent je préfère vous obéir de bonne grâce tout de suite.

— De bonne grâce et de bonne foi! dit la Pivardière.

— Quant à la bonne foi... dame... je suis prêt à vous faire tous les serments que vous me dicterez, si c'est votre fantaisie... mais des serments d'un homme comme moi valent-ils mieux qu'une promesse, je vous le demande? Et je vous promets de ne pas vous trahir.

— Va donc pour la promesse! dit Jean Fichet. Nous l'enregistrons... et nous la soldons d'avance. Voilà les dix mille livres, l'homme. Tu as le droit de compter.

Lemahuré sourit.

— Inutile! fit-il. Entre honnêtes gens! — Maintenant, qu'ordonnez-vous, messieurs? Dois-je fuir? Dois-je me cacher? Fuir, on peut me rencontrer et me ramener. Je suis connu, malheureusement, très-connu... Me cacher... où cela, pour qu'on ne me découvre pas?

La Pivardière et Jean Fichet demeuraient embarrassés. Le fait est qu'il était assez malaisé de trouver comme cela, tout de suite, une cachette sûre.

— Dans votre maison? demanda la Pivardière.

Lemahuré haussa les épaules.

— Je n'ai pas même de cave, répondit-il; la rivière me boirait mon vin.

— Et là-bas... dans ce moulin?

— Hum!... Si c'était la nuit, je ne dis pas, on pourrait s'y glisser derrière des sacs de farine.

« Et encore, le meunier a des chiens qui me gêneraient!

« Mais à propos de sacs de farine!... Une minute pour cacher mon or, messieurs, et je suis à vous... — Oh! quant à ça, je ne crains rien, là où je vais le mettre on ne le dénichera pas...

— Où donc?

— Près de la tombe à ma femme...

— Votre femme est enterrée ici?

— Oui. Dans la ville on ne tenait pas à la mettre avec les autres, au cimetière, la *pauvre*... moi j'aimais autant la garder le plus près possible de moi... Et je l'ai gardée... et, comme ça, tout le monde a été content.

« Je reviens, messieurs...

— Mais notre moyen pour...

— Je reviens avec.

Lemahuré revint bientôt, en effet, portant un grand sac à farine, qu'il jeta devant la Pivardière et Jean Fichet, en leur expliquant comme suit son moyen :

— Vous voyez bien là-bas cet îlot? — Il leur montrait un banc de sable, à deux portées de fusil de la Bissette, tout couvert d'une vigoureuse végétation. — Je me fourre dans ce sac avec un couteau, un morceau de pain et une bouteille de vin. — Faut pas que je crève de faim, non plus. C'est bien assez de risquer mes six mois de prison pour n'avoir pas été là quand on avait besoin de moi. — Vous me roulez au fond de ma barque... — elle est au pied du jardinet, ma barque, — et, en ayant l'air de vous promener, vous abordez l'îlot où vous me jetez parmi les joncs et les herbes. Je ne serai peut-être pas très à l'aise toute une nuit et tout un jour là-dedans. Mais tant pis... Ce qu'il y a de certain, c'est qu'on ne s'avisera pas de venir m'y dénicher. Est-ce votre avis?

— C'est notre avis! dirent la Pivardière et Jean Fichet.

Qui avait été dit fut fait. Muni de son couteau, de sa bouteille et de son pain, le complaisant Lemahuré s'intercala dans le fourreau de toile, en haut duquel on eut soin de pratiquer une ouverture suffisante pour laisser passage à l'air. Quelques instants plus tard, et la barque portant les trois hommes, dont deux seulement apparents, abordait l'îlot. Un orage qui pesait à ce moment sur la ville favorisa d'ailleurs nos cacheurs de bourreau; l'obscurité aidant, nul de la rive ne put voir Jean Fichet retirer le sac du bateau et le glisser sous les joncs.

— Adieu! s'écria-t-il en reprenant ses rames.

— Et merci! conclut la Pivardière.

— C'est moi qui vous remercie, messieurs! riposta galamment Lemahuré. Bonne chance!

***

— Maintenant, s'écria Juan de Sagrera quand la Pivardière et Jean Fichet lui eurent rendu compte de leur heureuse expédition, maintenant Dieu assiste la comtesse de Chalais et Henri!

III

Comment mourut le comte de Chalais et comment sa mort fut vengée.

Nous sommes le 18 août; il est neuf heures du matin.

Le roi vient de se lever. Il est seul dans sa chambre, à son château de Nantes, seul, assis et rêveur. Peut-être rêve-t-il que le droit de pardon est un des droits les plus précieux d'un roi. C'est un homme d'une taille médiocre, assez bien fait; il a les cheveux noirs, le teint pâle, et la petite barbe pointue que l'on portait alors augmente encore la maigreur de son visage. « A son front élevé, à son profil antique, à son nez « aquilin, — » dit Alfred de Vigny dans *Cinq-Mars*, — « on reconnaissait en Louis XIII un prince de la grande race des Bourbons; il avait tout de ses ancêtres, hormis la force du regard : ses yeux semblaient rougis par des larmes et voilés par un sommeil perpétuel, et l'incertitude de sa vue lui donnait l'air un peu égaré. » Au demeurant, ses traits sont réguliers, mais altérés par la mélancolie, et, lorsqu'il parle, son accent, embarrassé par une difficulté de prononciation, lui cause des accès d'impatience qui dégénèrent quelquefois en colère. Ses habits, graves comme son humeur, conviendraient mieux à l'âge avancé qu'à un personnage qui n'a pas encore atteint sa vingt-septième année. Il porte un pourpoint gris crevassé de satin noir aux manches et à la poitrine; il a un manteau de velours violet sur les épaules. Un col de point peu ouvragé couvre en retombant la moire bleue qui tient suspendu l'ordre du Saint-Esprit. Le haut de chausses, noir et sans plis, est rattaché sur les côtés par des ganses de soie, une large dentelle à plis flottants le borde au-dessus du genou. Des chausses de tricot noir et des souliers à bouffettes, ayant des talons très-élevés, complètent ce costume presque lugubre.

***

Un huissier soulevait d'une main discrète les draperies d'une portière au fond de la chambre du roi.

Une femme entra, si discrètement aussi que Louis XIII ne l'entendit pas, ne put pas l'entendre.

Cette femme considéra un instant en silence cet homme à qui elle venait demander la vie de son fils...

Cette femme était la comtesse de Chalais. La comtesse de Chalais pâle, très-pâle... mais le front haut pourtant, les yeux secs et étincelants.

Elle avait répandu toutes ses larmes dans la nuit précédente elle n'en avait plus à répandre...

— Sire, dit-elle enfin.

Le roi bondit sur son siége doré, tourna la tête, et apercevant la comtesse, il se leva en disant d'un ton glacial :

— Que me voulez-vous, madame?

— Vous le demandez, Sire!

Il secoua la tête.

— Point de pardon! Le comte de Chalais que j'aimais a conspiré contre l'État... contre moi!...

— Mais c'est une calomnie infâme, Sire! Le comte n'est pas coupable.

— Il l'est. Les juges ont prononcé. A cette heure, sans doute, il expie son crime sur l'échafaud.

— Non, Sire, non! A cette heure, mon fils est vivant encore, car, plus équitable que les juges, le bourreau a fui devant sa tâche horrible. Il a disparu.

— Disparu!... Le bourreau a disparu!... Avouez donc, plutôt, madame, que vos amis ont fait cacher cet homme?...

— Sire...

— Ah!... Ils ont enlevé le bourreau et ils se sont imaginé mettre ainsi une entrave à la justice! Eh bien, madame, vous étiez venue pour implorer ma clémence, vous serez témoin de ma sévérité... ma juste sévérité. J'ai dit point de pardon!... Point de pardon!... je le répète!

Livide, hors de lui, Louis XIII s'était élancé vers un timbre.

— Mon capitaine des gardes! cria-t-il à l'huissier, tremblant.

Le capitaine des gardes parut.

— Qu'on choisisse un condamné adextre dans les prisons de Nantes, reprit le roi, et qu'il mette à mort demain matin le comte de Chalais. J'accorde la liberté à cet homme en échange de la vie du coupable. Allez!...

Et, sans regarder la comtesse, Louis XIII s'éloigna.

Madame de Chalais était pétrifiée; pétrifiée d'horreur et de désespoir. On accordait la liberté à l'homme qui allait mettre à mort son fils!.. Cet homme fût-il le dernier des criminels, des assassins!... Et c'était un roi qui avait prononcé ces paroles!...

— Madame, balbutia l'huissier en voyant l'infortunée chanceler, madame...

Cette pitié d'un valet la rappela à elle.

— Tenez, mon ami, fit la comtesse en détachant de son cou un splendide collier de perles qu'elle ne quittait jamais, — un présent de la reine-mère, — Tenez!.. je serai plus généreuse que le roi... il me donne des larmes de honte, je vous donne des larmes de joie...

Et elle s'en fut.

***

Le lendemain matin, dès l'aube, la populace de Nantes jouissait d'un spectacle curieux; celui d'un seigneur, d'un des plus grands seigneurs de la cour, décapité par un bourreau amateur...

Le nom de ce misérable qui, seul, entre quatre à cinq cents prisonniers, avait accepté une tâche infâme, ce nom était Laridon.

Poussé par ses mauvaises passions, jadis, Laridon, compagnon cordonnier de son état, s'était trouvé mêlé à divers crimes qui lui avaient valu une condamnation à perpétuité aux galères.

Une action méritoire, — des forçats allaient tuer un soldat, Laridon le défendit, — fit commuer sa première peine en un simple emprisonnement à Nantes.

Mais alors, comment cet homme, qui semblait accessible à des mouvements généreux, se ravalait-il au niveau des êtres les plus abjects en consentant à faire office d'exécuteur des hautes œuvres?

Une histoire que nous avons racontée en détail dans les *Trois Luronnes* et que nous dirons succinctement ici.

Un jour Laridon et le comte de Chalais s'étaient rencontrés face à face; le cordonnier, dans la perpétration d'un de ses méfaits : l'enlèvement de la fiancée d'un de ses confrères; le gentilhomme, prenant parti pour la jeune fille...

Et, vainqueur en cette affaire, après avoir failli y succomber, pour toute vengeance des outrages du bandit, Chalais s'était borné à lui couper la figure d'un coup de fouet.

Eh bien! C'était ce coup de fouet qui avait laissé en lui une empreinte ineffaçable, qui était cause que Laridon avait voulu se faire le bourreau du comte de Chalais! Cet homme qui, châtié par la justice, s'était, sans une plainte, résigné à son sort, n'avait pu oublier la légère correction qu'il avait reçue du grand seigneur. Enchaîné pendant quatre ans de suite au banc des galères, s'il rêvait de briser sa chaîne c'était pour revenir à Paris chercher et tuer celui qui l'avait autrefois insulté. Et lorsqu'il prit un jour la défense d'un soldat contre les forçats, en risquant, en cette occasion, sa propre existence, qui sait si Laridon, entrevoyant un adoucissement à ses peines, comme récompense de son action, n'espéra pas que cet adoucissement lui permettrait surtout de se rapprocher du comte?

Plus on descend dans les bas fonds de la société et plus on est effrayé des sinistres mystères que peut contenir le cœur humain.

***

La nuit qui précéda le supplice de Chalais s'écoula pour sa mère en prières.

Elle n'avait plus foi qu'en Dieu, puisque le roi se montrait sans pitié.

Le cardinal qui, seul, pouvait obtenir la grâce du comte fut introuvable pendant toute la soirée. En vain Juan de Sagrera le chercha, le demanda partout : nulle part on ne put ou on ne voulut lui dire où se cachait Son Eminence.

Au point du jour la grande place de Nantes était encombrée de monde. Au milieu de cette place se dressait l'échafaud, gardé par quatre compagnies de mousquetaires à pied. Le comte parut, il doutait encore de la cruauté du roi, et son œil égaré cherchait des sauveurs dans cette populace appelée par un attrait hideux... Un moment il espéra... il avait aperçu Pascal Siméonis au milieu de la foule. Mais, non... Pascal ne pouvait rien... rien !... Si, il pouvait, il voulait, il devait venger le comte.

A Jean Fichet, il avait dit : « Toi, je te charge de Laridon. »

— Toute la ville avait su, tout de suite, le nom du bourreau improvisé. Ce nom bien connu, trop connu du chasseur de lâches et de son valet.

A la Pivardière : « Si vous voyez Lafeymas, attachez-vous à ses pas et sachez où il habite. »

Pour sa part il s'était réservé une besogne particulière que nous allons le voir accomplir.

Quand la dernière lueur d'espérance se fut évanouie au cœur d'Henri de Chalais il s'agenouilla, en remettant son âme au Tout-Puissant.

Laridon s'approchait du comte en brandissant un glaive.

Se penchant vers sa victime sous prétexte de s'assurer que sa tête posait d'aplomb sur le billot :

— Me reconnaissez-vous, monsieur de Chalais? dit-il.

Henri regarda le misérable :

— Non, repartit-il.

— Eh bien, je suis celui que vous avez cravaché il y a six ans dans la forêt de Hallate. Vous m'avez frappé du fouet, je vous frappe de l'épée...

— Frappez donc! reprit le condamné, et que mon sang retombe sur vous et sur mes...

Un coup d'épée l'empêcha d'achever sa pensée. Mais ce coup fut si mal asséné qu'il ne fit qu'entamer le cou du malheureux qui poussa des cris déchirants auxquels se mêlaient les noms de sa mère, de sa maîtresse et de la bienheureuse vierge Marie. Plusieurs coups furent aussi peu décisifs; soit qu'il eût horreur de son action, soit que sa main fût inhabile, Laridon ne parvenait pas à détacher la tête du tronc; le martyre du patient, ses soubresauts, ses hurlements glaçaient d'effroi tous les assistants. Un bruit semblable à celui de la tempête menaçante s'élevait de la foule indignée. Enfin un tonnelier jetant sur l'échafaud sa doloire, nouvellement affilée, dit d'une voix formidable au bourreau : « Tiens, brigand, finis de hacher ce pauvre homme et que Dieu te pardonne! » Malgré l'emploi du lourd instrument Chalais cria jusqu'au *vingtième* coup... Il lui en fut porté trente-quatre. Lorsque le dénouement de cet assassinat fut marqué par l'immobilité du corps, Laridon, — le dernier vœu du comte avait été exaucé, — Laridon avait le visage couvert des traces jaillissantes d'un sang tiède encore... des lambeaux de chair palpitante, qu'avait enlevés la doloire, jonchaient l'échafaud...

***

Cependant, dès l'apparition du comte sur l'infamante machine, une femme, plus blême peut-être que la victime, s'était montrée à l'une des fenêtres d'une hôtellerie, juste en face l'échafaud.

Et, chose bizarre, quand de toutes parts, sur la place toutes les maisons regorgeaient de monde à toutes leurs croisées, l'hôtellerie en question n'avait qu'une fenêtre ouverte, elle, et à cette fenêtre qu'une seule personne...

C'est que cette personne avait payé pour avoir à elle seule toute l'hôtellerie...

C'est que cette personne se nommait Tatiane Illitch; Tatiane Illitch, qui, prévenue par ses agents, était accourue de sa retraite, à Nantes, pour voir mourir son amant...

Et le voir mourir *à son aise.*

Au premier coup d'épée, pourtant, à l'aspect de cette tête seulement meurtrie, ensanglantée, de la bouche de laquelle jaillissaient des cris de douleur, la Moscovite recula...

Elle avait désiré la mort d'un ingrat... elle ne demandait pas son martyre...

Au second coup, elle poussa elle-même un cri rauque...

— Affreux! affreux! fit-elle...

Et, incapable d'assister plus longtemps à cette tragédie atroce, elle résolut de s'y dérober par la fuite...

Mais quelqu'un l'arrêta... elle se retourna hagarde...

— Où allez-vous donc, madame? lui dit Pascal Siméonis.

Elle n'eut pas la force de répondre... elle agita le bras dans la direction de l'échafaud, où Chalais recevait, en cet instant, sa troisième blessure.

— Oui, poursuivit Pascal d'une voix sombre que perçaient

les éclats d'une ironie farouche, ce bourreau est maladroit, n'est-ce pas? Eh bien! mais le spectacle n'en sera que plus réjouissant pour vous! M. de Chalais souffrira davantage!...

Laridon frappait encore,

— Non! non!... Grâce!... grâce! balbutia Tatiane. Je me repens... j'ai honte de ma haine!... Grâce!... Je ne veux plus voir... je ne veux plus entendre!...

Laridon frappait toujours.

— Plus voir! plus entendre! vous raillez! Moi, je veux que vous voyiez... que vous entendiez!... N'êtes-vous pas ici pour cela?

Les hurlements du comte s'élevaient plus épouvantables.

— Tuez-moi! tuez-moi donc aussi, alors, s'écria Tatiane qui se débattait vainement sous la main de fer de Pascal... Ah!... ma vie, ma fortune!... Laissez-moi me cacher!

— Le bourreau n'a pas fini... Henri de Chalais n'est pas mort!... Vous resterez! vous resterez... et vous regarderez!..

— Pitié!..

— Pitié!... En avez-vous eu pour lui, de la pitié, malheureuse?... Ne vous êtes-vous pas montrée sa plus implacable ennemie?

Laridon continuait de frapper. Livide, les traits décomposés, écumante, Tatiane continuait de se tordre à la fenêtre ouverte, contre l'appui de laquelle le chasseur de lâches la maintenait, le visage tourné vers l'échafaud...

— Et ce n'est pas tout! dit-il. Cette mort... cette mort horrible à laquelle vous assistez... malgré vous, maintenant... cette mort, le souvenir vous en poursuivra partout... toute votre vie, Tatiane! Je vous condamne à voir toujours ce sang qui coule... à entendre toujours ces cris!... Ah! tenez!... ce sang n'a-t-il pas jailli jusque sur vous, cruelle! Oui... oui... vous en avez des gouttes sur le visage...,

— Mon Dieu!..

Cette expression suppliante était sortie avec une expression telle des lèvres de la Russe, que, malgré lui, Pascal suspendit le supplice qu'il lui infligeait comme châtiment d'un autre supplice. Au reste, pourquoi eût-il persisté? Tatiane était incapable de souffrir encore. Ses sens l'avaient abandonnée. Comme les doigts de Pascal se desserraient, elle roula sur le parquet...

Il la regarda...

Elle n'était pas morte, non; elle n'était pas morte. Mais en l'espace de dix minutes à peine elle avait vieilli de trente ans...

Ses cheveux étaient complètement blancs.

***

Laissant à ses aides le soin de déposer le corps du comte de Chalais dans une bière pour être porté à sa mère, le bourreau amateur s'était réfugié dans la prison.

Ce fut à grand'peine qu'il obtint là des gardiens d'autres vêtements pour remplacer les siens souillés de sang...

De l'eau pour se laver les mains et la figure...

Ce fut à grand'peine qu'on lui permit de demeurer jusqu'au soir dans un coin du préau.

— Vous êtes libre, lui disait-on, pourquoi restez-vous ici?

— J'ai peur qu'on ne me reconnaisse dans les rues.

— Ah! vous avez peur! Il est certain que si quelqu'un des amis du comte de Chalais vous étrangle pour avoir si bien accommodé ce malheureux, vous ne l'aurez pas volé!

Enfin, la nuit venue, Laridon se décida à partir. Outre sa grâce pleine et entière, il avait reçu une somme de vingt-cinq écus d'or.

Que comptait-il faire, cependant? Où voulait-il aller? Il voulait quitter Nantes, d'abord. Du reste, il se souciait peu.

Son chapeau sur les yeux, il franchit le seuil de la prison, dont la porte se referma aussitôt derrière lui, et se lança en avant par une ruelle obscure qui aboutissait aux quais...

Il n'avait pas fait vingt pas dans cette ruelle qu'il s'aperçut qu'il était suivi.

La prophétie des gardiens qui s'accomplissait. Un des amis de M. de Chalais s'était juré de venger la mort du comte; au premier moment il allait, par un coup de poignard ou une balle de pistolet, mettre son projet à exécution!...

Et il n'avait pas d'armes pour se défendre, lui, Laridon! On lui avait donné de l'or... on ne lui avait pas donné un couteau!...

Ah!... Un cabaret!... Avec son or il trouverait des défenseurs dans ce lieu, ou tout au moins une arme.

Il se précipita à l'intérieur du cabaret.

Une douzaine d'hommes du peuple, de matelots, y étaient attablés par groupes. Dérobant toujours, autant que possible, ses traits, Laridon s'assit à l'écart et demanda du vin.

Mais, près de porter son verre à sa bouche, le misérable s'arrêta.

On parlait, dans les groupes, de la mort de M. de Chalais, et il n'y avait qu'une voix pour maudire cet exécrable bourreau qui avait fait endurer mille morts pour une au comte.

— Le gueux! disait un charpentier, si les mousquetaires ne m'en avaient empêché, je lui aurais appris à charcuter ainsi ce pauvre jeune seigneur!

— On aurait dû le pendre pour lui apprendre son vilain métier! dit un autre.

— Le lapider! dit un troisième.

— Peuh! fit un quatrième, le lapider, le pendre! C'eût été encore trop d'honneur pour un pareil gredin. Il fallait tout simplement lui passer une corde au cou et le jeter à la rivière... comme un chien enragé qu'il est!

— Qu'est-ce que je dois, maître? dit Laridon au cabaretier. — Tout réfléchi il était moins en sûreté encore dans cette maison que dans la rue!

Il avait avalé quelques gorgées de vin; on lui avait rendu sa monnaie; il se levait pour partir...

Soudain un individu entra dans la taverne, à l'aspect duquel Laridon frissonna...

Il avait reconnu Jean Fichet. — Il est bon de dire qu'au temps où Jean Fichet portait son véritable nom, qui était Marc Bélier, au service déjà de Pascal Siméonis, alors Valentin Caillat, dit Fine-Mouche, — il est nécessaire de mentionner qu'en plusieurs circonstances, et notamment à propos d'une attaque nocturne de l'hôtel de Chalais, Laridon avait eu maille à partir avec le gros Normand...

— C'est lui qui me suivait! pensa l'ex-cordonnier. Je ne lui échapperai pas!

Et il retomba sur son siége.

Cependant Jean Fichet, retirant poliment son chapeau et saluant les gens attablés :

— Pardon, mes braves amis, dit-il, mais vous n'auriez pas, par hasard, quelques brins de cordes à m'offrir?

— Des brins de cordes! Pourquoi faire! s'écria en riant celui qui, le premier, avait manifesté son opinion au sujet de la maladresse du bourreau improvisé.

— Mon Dieu, répliqua du même ton courtois Jean Fichet, pour ficeler une vilaine bête qui s'est glissée parmi vous... et que je suis chargé de porter à quelqu'un... quelque part.

— Une vilaine bête!... Où est-elle cette bête?

— La voilà!...

D'un revers de main, Jean Fichet fit voler au loin le chapeau de Laridon.

— Le bourreau du comte de Chalais! s'exclamèrent les matelots et les artisans.

Et quelques-uns levaient sur lui des brocs et des escabeaux. Mais le gros valet les retint.

— Minute! fit-il. Vous êtes là en train de boire, de vous divertir, mes enfants... inutile de vous déranger dans vos plaisirs. Soyez tranquilles, d'ailleurs : je vous réponds qu'avant une heure d'ici... une demi-heure... ce chenapan ne pourra plus assassiner personne!...

« Quelqu'un, ici, quand je suis entré, émettait un bon conseil concernant la meilleure manière de se débarrasser des chiens enragés : une pierre au cou... un trou qui se forme et se referme dans l'eau... et le monde est purgé.

« Des cordes, hein? Vous allez m'en donner à présent? »

Jean Fichet parlait encore que le cabaretier lui tendait un paquet de filin.

Deux ou trois matelots se disposaient à prêter main-forte au Normand.

— Pas la peine non plus, dit-il. Vous allez voir! C'est méchant, mais c'est mou comme une chiffe! Je le ficelerai tout seul!

Paralysé par l'effroi, anéanti, Laridon, en effet, se laissa, sans résistance, lier bras et jambes par Jean Fichet...

Seulement, lorsque ce dernier se mit en devoir de le bâillonner, le misérable murmura :

— J'ai de l'or.

— Hein? dit Jean Fichet comme s'il n'eût pas entendu.

— J'ai de l'or, répéta Laridon... comprends-tu, Marc Bélier?... De l'or!...

Le gros Normand hocha la tête.

— *T'es bête!* fit-il.

Et se reprenant :

— Au fait, non, t'es pas si bête!... Ça pèse lourd, l'or! Tant mieux pour toi, mon gars, si tu en as... tu couleras plus vite au fond!...

***

Jean Fichet avait chargé Laridon sur ses épaules.

— Au revoir, les amis, dit-il aux buveurs.

— Au revoir! répliquèrent-ils.

Le gros Normand descendit la ruelle et gagna la rivière, au bas du pont de la Madeleine...

Pascal Siméonis lui avait donné rendez-vous en cet endroit, ainsi qu'à la Pivardière.

— Voilà la chose, dit Jean Fichet en déposant son fardeau sur la rive.

— C'est bien, répliqua Pascal.

Et se penchant vers l'ancien cordonnier :

— Tu as cinq minutes pour demander pardon de tes fautes à Dieu... si tu crois en Dieu, lui dit-il.

Laridon s'agita... il voulut crier... mais le bâillon l'en empêchait... il ne réussit qu'à pousser un gémissement sourd...

Pascal, sa montre à la main, regardait, à la pâle lueur des étoiles, les aiguilles marcher...

Pendant ce temps, Jean Fichet, ayant ramassé une pierre énorme, l'attachait, à l'aide d'une brassée de filin qu'il avait réservée pour cet usage, au cou de Laridon.

La Pivardière se promenait de long en large sur la berge, troublé, malgré lui, par la plainte étouffée et incessante du condamné...

— Va! dit Pascal.

Le gros Normand souleva l'homme d'une main, la pierre de l'autre, au-dessus de l'onde très-profonde au pied du pont... Un bruit mat, sec. *Un trou qui se forme et se referme aussitôt dans la masse liquide...* — suivant l'image de Jean Fichet, — et ce fut tout.

— Au dernier, maintenant! dit Pascal. Vous voulez bien me conduire où il habite, n'est-ce pas, Anténor?

— Comment donc, cher ami! mais tout de suite. Oh! ce n'est pas loin d'ici, du reste, près de l'église Saint-Similien; un quart d'heure de marche tout au plus. Il loge là, à l'hôtellerie du *Rameau vert*, avec son inséparable, le chevalier de Mirabel. Là, j'ai pris tous mes renseignements, ils doivent retourner demain matin, ensemble, à Paris.

— Bon! En route.

***

Envoyé en mission secrète aux environs de La Rochelle, peu de temps après l'affaire de Fleury, Lafeymas était arrivé à Nantes la veille du jour où Chalais devait mourir.

Et nous devons à la vérité de dire que si le chef des raffinés n'éprouva nul chagrin à la nouvelle de la condamnation du comte, cette nouvelle ne lui causa point non plus, particulièrement, un grand plaisir.

D'abord, nous le savons, Lafeymas n'avait de goût que pour la potence. Toute exécution capitale, dont la corde n'était pas le principal agent, l'intéressait donc médiocrement...

Et puis... et puis, avant de partir pour La Rochelle, il avait appris que Pascal Siméonis était encore vivant, et bien vivant, en dépit de Firmin Lapradt et de ses meurtriers à gage...

Et quelque brave qu'il fût, persuadé que, d'un moment à l'autre, à tort ou à raison, Pascal Siméonis viendrait lui demander raison de certains faits scabreux, le complice de Tatiane Illitch ressentait une certaine inquiétude.

Cela est si vrai, qu'à l'issue de l'ignoble boucherie que nous avons décrite, et à laquelle il avait assisté en curieux, caché, — il le croyait, — dans la foule, il s'était empressé de regagner son logis, sans songer même à chercher par la ville la Moscovite... qui devait y être pourtant. Pouvait-elle manquer l'agonie de son amant.

Donc, en société de son inséparable Mirabel, — Anténor ne s'était pas trompé. — Lafeymas soupait, — assez tristement, — dans une salle particulière du *Rameau vert*, quand il vit entrer Pascal Siméonis, la Pivardière et Jean Fichet.

Comme quelques instants auparavant le misérable Laridon, à l'aspect du gros Normand, Lafeymas, à l'aspect du chasseur de lâches, tressaillit.

Plus maître de lui, néanmoins, ce fut d'une voix ferme qu'il articula cette question en saluant son ennemi :

— Qu'y a-t-il pour votre service, cher monsieur?

— Vous le savez bien, répliqua froidement Pascal

Disant ces mots il fit un geste. La Pivardière prit un flambeau placé sur la table, Jean Fichet en prit un autre. En moins d'une seconde la table elle-même fut reléguée dans un coin, de manière à laisser libres les deux tiers de la salle.

— Une seconde édition de notre première entrevue, dit, d'un ton qu'il essayait de rendre léger, Lafeymas en tirant son épée.

— Non pas une seconde édition... mais une nouvelle... répliqua Pascal. La première fois que nous nous sommes rencontrés, messire de Lafeymas, il me plaisait de vous ménager. Aujourd'hui, c'est différent... il me plaît de vous tuer.

« Et je vais vous tuer.

Le chasseur de lâches avait dégaîné à son tour.

— Ah! çà, mais pourtant, s'écria le chevalier de Mirabel que le souvenir du premier duel de Pascal Siméonis et de Lafeymas ne rassurait pas du tout sur le résultat du second, encore faudrait-il, puisque j'assiste à ce duel, que j'en connusse le motif. Vous parlez de tuer M. de Lafeymas, monsieur Siméonis... on ne tue pas comme cela... ou, du moins, on n'essaie pas de tuer les gens sans leur dire, au préalable, pourquoi!

— L'opinion de M. de Mirabel est-elle aussi la vôtre, monsieur? fit Pascal s'adressant à Lafeymas. Est-il nécessaire pour vous comme pour lui que j'explique, avant de verser votre sang, quel sentiment m'y oblige?

— Non! répliqua vivement et non sans une certaine dignité Lafeymas. Vous l'avez dit, monsieur... je sais... je dois savoir la raison de votre conduite en ce moment... Toute explication entre nous à ce sujet serait donc superflue...

— A la bonne heure! fit Pascal. Alors...

— Alors, je vous attends.

— Me voici.

Les épées se heurtèrent ardentes. Oh! Pascal était dans le vrai! cette lutte ne ressembla en rien à celle qui avait eu lieu dans la boutique de dame Latapie. Ce n'était plus cette fois dans le but de donner une leçon à un spadassin que le chasseur de lâches se battait, c'était pour punir un ennemi... un traître!... De son côté, sentant que sa vie était en jeu, cette fois, et non pas seulement sa réputation de bretteur, de son côté, appelant à son aide toutes les ressources de son talent, toutes ses énergies physiques et morales, Lafeymas se défendait avec fureur...

Mais cette fureur, même, après l'avoir servi, devait le perdre. Sur un coup risqué, — il se l'imagina, — par son adversaire, Lafeymas crut entrevoir sa belle; il se risqua également... L'épée du chasseur de lâches, l'arrêtant dans son élan, lui prouva que ce dernier ne se confiait, que pour la forme, au hasard. La poitrine traversée de part en part, Lafeymas tomba...

— Et de trois! fit Pascal Siméonis.

***

Lafeymas ne mourut pourtant pas de sa blessure. Il guérit, et vécut longtemps encore...

Pour le service de Richelieu.

Et l'agrément des potences...

Hélas! comme toute médaille, tout grand homme a-t-il donc son revers? Le revers de Richelieu, c'est la mort, — souvent inutile, — de ceux qui embarrassaient sa route.

***

Terminons par quelques mots qui nous reposent des lugubres tableaux représentés dans notre épilogue.

A la suite de son duel avec Lafeymas, Pascal Siméonis, ayant pris congé de Juan de Sagrera, — il ne vit point la comtesse de Chalais; il n'osa point la voir; — Pascal Siméonis se mit en route, avec Jean Fichet, pour un petit village de la Picardie où le récit de la mort du jeune et infortuné comte devait faire verser bien des larmes...

Il était dans ce village, — Breuil-le-Sec, — lorsqu'il reçut, d'Anaïs des Ferriers, une lettre qui fit bondir son cœur...

La baronne était veuve. Le baron n'avait pu survivre à la perte de son coupable neveu.

Veuve! et elle l'aimait! Et il l'adorait!...

Somme toute, le chasseur de lâches était fatigué d'aventures... désireux de repos...

Il se rendit à Beauvais. Six mois plus tard, reprenant son véritable nom, il épousait Anaïs.

***

Quant aux autres personnages de cette histoire :

La comtesse de Chalais, retirée à Fleurines, passa dans la prière et les bonnes œuvres les quelques années que Dieu l'obligea à vivre après la mort de son fils.

La duchesse de Chevreuse oublia, dans d'autres amours, son imprudent et faible amant.

Juan de Sagrera, lui, n'oublia jamais, dans d'autres amitiés, son bien-aimé cousin.

M. de la Pivardière et madame de la Pivardière II coulèrent de longs et joyeux jours à Nantes. D'autant plus joyeux que madame de la Pivardière I était venue à quitter ce monde, vers 1629, le mari aux deux femmes, n'en ayant plus qu'une, put jouir avec celle-ci de la fortune que lui avait laissée celle-là.

Jean Fichet retourna dans sa chaumière près de sa femme. De temps à autre, cependant, quand il s'y ennuyait trop, près de sa femme, dans sa chaumière, le gros Normand allait se retremper une quinzaine à Beauvais chez son cher maître.

Et Tatiane? J'ignore ce qu'elle devint. Et que nous importe! Si Pascal avait prédit juste, elle dut se souvenir... et souffrir...

« Dieu ne pardonne aux méchants que lorsqu'ils ont versé autant de larmes de repentir qu'ils en ont fait répandre de douleur. » dit un axiome arabe.

A ce compte, Tatiane dut pleurer beaucoup pour être pardonnée.

FIN DE L'AUBERGE DES TREIZE PENDUS.

LE TUEUR DE MOUCHES.

I

C'était en 1824, vers la fin d'octobre; une dizaine de jeunes hommes, attablés dans un des cafés-restaurants des plus en vogue du Palais-Royal, achevaient de déjeuner.

L'affaire avait été chaude, sans doute, car tous les visages étaient enluminés.

Toutes les bouches parlaient à la fois.

Au reste, qui eût pu s'étonner que ce repas eût pu être joyeux?

Qui eût pu trouver extraordinaire que les mets les plus délicats, que les vins les plus généreux, y eussent été servis avec une prodigalité presque princière?

L'amphitryon se nommait Georges Bénier, — hier encore simple sous-lieutenant au cinquième régiment de dragons... aujourd'hui propriétaire, par suite d'un héritage subit, d'une fortune évaluée à six cent mille livres!

C'était en Espagne, où il servait dans la division du général Bordesoulle, que Georges Bénier avait reçu, un mois avant le jour où commence ce récit, la bienheureuse nouvelle de son héritage. Demandant et obtenant aussitôt un congé, il était parti pour la France... il était arrivé à Paris...

La nouvelle n'avait rien que de très-positif. Georges Bénier était bien reellement légataire universel d'un sien oncle, — qu'il n'avait jamais vu, et pour cause : cet oncle était décédé au Chili, qu'il habitait depuis trente ans, et Georges Bénier, n'ayant jamais quitté l'Europe, et ne faisant que d'entrer dans sa vingt-unième année. — Ivre de joie, Georges Bénier avait couru chez tous les amis qu'il se connaissait à Paris.

Ces amis, — des amis de collége, pour la plupart, — avaient accueilli à ravir Georges Bénier, leur annonçant sa splendide métamorphose de pauvre soldat en opulent rentier.

Pour fêter cet événement, il avait été convenu qu'un banquet serait immédiatement organisé...

— Bref...

Bref, le banquet offert au café du Palais-Royal, par l'ex-sous-lieutenant, à ses neuf amis... — Georges Bénier n'avait encore que neuf amis... Demain, pour peu qu'il y mît de bonne volonté, il allait en posséder cinquante. — Bref, ce banquet tournait à sa fin...

C'est-à-dire qu'on en était aux dernières bouteilles de vin de Champagne.

Et, en attendant qu'on apportât le café, chacun, je le répète, chacun parlait... chacun riait... chacun criait... sans se soucier d'entendre ou d'être entendu!...

L'amphitryon surtout, plus animé que qui que ce fût, — peut-être, parce qu'en sa qualité d'amphitryon, il avait cru de son devoir de donner l'exemple en buvant beaucoup et souvent, — l'amphitryon racontant un de ses souvenirs de la guerre d'Espagne...

Était magnifique à voir!

Depuis cinq minutes environ, ne pouvant parvenir à garder un auditeur... qui simulât au moins l'attention, c'était à son verre qu'il disait comme quoi il avait délivré le roi Ferdinand VII des mains des Cortès... en enlevant d'assaut, le 31 août 1823, le Trocadero et le fort San-Luis.

Cependant des garçons s'empressaient de déblayer le service...

Le café fumait sur la table.

Georges Bénier qui ne s'était point décidé, sans quelque chagrin, à se dessaisir du cornet de cristal dont il avait fait son confident intime, Georges Bénier, en sentant monter vers son cerveau les parfums de la liqueur tant chérie de Voltaire, Georges Bénier, pourtant, abandonna le Trocadero, et le fort San-Luis et le roi Ferdinand VII et les Cortès...

Mais comme le jeune homme élevait déjà sa tasse vers ses lèvres...

Tout à coup, il poussa une exclamation de colère et de dégoût...

Et replaçant brusquement cette tasse sur sa soucoupe :

— Garçon! cria-t-il d'une voix qui fit trembler l'établissement jusque dans ses caves, garçon!... ici, garçon! sacrebleu! Quand il y a tant de mouches que cela quelque part, on prévient, au moins!

Enlevez-moi cette saleté bien vite!

En parlant ainsi, Georges Bénier montrait du doigt, à deux garçons accourus en toute hâte, sa tasse dans laquelle, en effet, deux mouches, — assez mal avisées, par parenthèse, — avaient eu la fantaisie de prendre un bain...

— Où elles devaient instantanément laisser leur vie.

Un des garçons fit disparaître l'objet incriminé; un autre, pendant ce temps, la cafetière en main, réparait le désastre .. dont on l'accusait, lui et ses camarades, bien en pure perte assurément.

Quant aux amis de Georges, ils s'étaient tous unis dans un formidable éclat de rire en face de son excès de fureur.

— Ah! ah! dit l'un, — un jeune clerc de notaire, — Georges qui a peur des mouches à présent... Georges qui ne veut pas d'une demi-tasse où une mouche est tombée!

Au fait! mais si vous vous le rappelez, messieurs...

Et Prosper Dyonnet, le clerc de notaire, essayant de devenir sérieux, se tourna vers ses compagnons :

— Au fait... mais je connais le motif de l'effroi de Georges... car c'est de l'effroi qu'il a ressenti, voyez-vous, en apercevant des mouches dans son café.

Il s'est souvenu du temps où il en tuait par centaines... l'assassin.

Et le remords l'a pris à la gorge à l'aspect des deux cadavres!

Un hurrah accueillit cette boutade du clerc de notaire.

Georges Bénier lui-même fit écho à cette explosion de gaieté.

— Eh bien! oui, messieurs, dit-il en affectant un ton contrit, oui, je le reconnais, oui, je l'avoue... Dans ce collége où j'ai eu le bonheur de passer avec vous de si bonnes années, mon adresse, mon intelligence, aidées peut-être un peu du hasard, m'ont valu le glorieux surnom de *Tueur de mouches!*

Surnom que je me fais fort encore, à l'heure qu'il est, de justifier.

Oh! je n'ai rien perdu de mes talents, messieurs, rien!...

Mais, parce qu'on fait, à son gré, autant de victimes qu'on s'en propose, messieurs, ce n'est pas une raison, je pense, pour être assujetti aux caprices des congénères de ces victimes!..

J'assassine les mouches, oui, mais je ne les avale pas.

— Bien riposté! s'écria le clerc de notaire.

Messieurs, je propose que Georges soit absous à l'unanimité du soupçon que nous avons pu concevoir sur lui.

Macbeth n'a point frémi en présence de l'ombre de Banqo! C'est convenu! c'est accepté!

Néanmoins, comme c'est déjà presque une faute, à mon avis, de la part de Macbeth, de nous avoir induits à suspecter son courage...

Je propose également qu'en réparation de cette quasi-faute, Macbeth soit mis en demeure de nous donner la preuve de ce qu'il avance... un peu témérairement, peut-être...

En nous démontrant immédiatement qu'en dépit des années écoulées depuis le temps où lui fut décerné ce glorieux titre...

Il n'a pas démérité de son surnom de *Tueur de mouches*

II

Avant de continuer cette histoire, une simple observation au lecteur :

Il daigne se rappeler, je pense, que je l'ai prévenu dès le début; ceci se passait après boire, entre une dizaine de jeunes hommes... — le plus âgé n'avait pas vingt-huit ans.

Ceci dit, non comme excuse absolument, mais, du moins, comme palliatif de ce que j'ai déjà conté... et de ce que j'ai à conter encore... Je continue.

La tirade de Prosper Dyonnet, — cette tirade entamée sur un rhythme d'indulgence et terminée par une fanfare de défi, avait, à l'unanimité, obtenu l'approbation des convives de Georges Bénier.

Un de ces messieurs alla prendre, sur une table voisine, un petit pain qu'il apporta au *Tueur de mouches.*

Pour que le *Tueur de mouches* pût se rendre à l'invitation qu'on lui adressait, de prouver immédiatement qu'il n'avait rien perdu de son ancienne valeur, ne fallait-il pas, immédiatement, le pourvoir des moyens d'exécution?

Georges Bénier, grave comme s'il se fût agi de résoudre un problème de Descartes, prit le pain qu'on lui présentait... le rompit... tira d'un des morceaux assez de mie pour confectionner ce qu'il lui fallait de munitions...

Puis, montrant à ses amis, dans sa main ouverte, trois boulettes... trois balles :

— *Je ferai mouche* chaque fois, messieurs, dit-il. Est-ce parié?...

— C'est parié! répétèrent dix voix.

— Que parions-nous?

— Un punch monstre.

— Soit. Et quelle distance m'accordez-vous?

— Celle que tu choisiras. Nous nous en rapportons à ta probité.

Georges Bénier se leva et promena son regard en face de lui, sur les glaces, les lustres, les murailles...

Oh! il n'avait que l'embarras du choix, comme but. De tous côtés, des mouches à moitié engourdies par l'approche de l'hiver, à moitié ragaillardies par la chaude atmosphère de la salle, se promenaient ou voletaient.

En cet instant, un homme d'une cinquantaine d'années, — à la moustache grise, à la redingote boutonnée jusqu'en haut... — une tête et une tournure de vieux soldat, — entra dans le café.

— Une tasse de chocolat, dit-il.

Et, s'asseyant à une table, près de la porte, il prit un journal, — le premier journal venu... — comme quelqu'un qui se soucie médiocrement de lire ceci, plutôt que cela...

Et il se mit à lire, en attendant qu'on le servît.

Or, par un effet du hasard, assurément, à peine cet homme s'était-il assis, qu'une mouche, puis deux mouches, puis trois mouches, comme si elles se fussent donné le mot, se posèrent sur lui...

L'une se fixa sur sa nuque... l'autre sur son épaule droite... la troisième..

La troisième se permit, l'impudente, de faire élection de domicile sur l'une des mains, — celle qui tenait le journal, — du nouveau venu.

Georges Bénier avait vu le manége des trois diptères.

De leur côté, ses amis, dont les regards suivaient la direction de son regard, avaient, par un sourire muet, été au-devant de sa pensée.

Avant même que sa pensée ne se fût dessinée exactement dans son cerveau.

Excité par ce sourire, — excité plus encore, — ô amour-propre, où vas-tu te nicher? — par l'intérêt que semblaient prendre à cette scène quatre ou cinq habitués de l'endroit, disséminés dans la salle...

Georges Bénier se disposa à exécuter une folie.

Posant une des boulettes de mie de pain sur son pouce, cette boulette retenue par le *medium*, arqué, prêt à faire ressort, il coucha en joue la main droite de l'homme à la redingote boutonnée...

Cependant, — disons-le à sa louange, — au moment où Georges Bénier allait lancer son projectile, une lueur de remords... un éclair de raison traversa son esprit.

Il hésitait...

— Allons donc! murmura Prosper Dyonnet, oh! ce sera drôle!

Ce sera drôle! Que de sottises qui ont eu pour mobile cette phrase stupide!

Le *medium* de Georges Bénier se détendit... la balle traversa l'air et alla écraser la première mouche.

— Superbe! firent les amis du nouveau riche, en comprimant néanmoins l'élan de leur admiration, pour ne point nuire à la suite des expériences de Georges.

Au reste, l'homme à la redingote boutonnée n'avait point bronché : on eût dit d'une statue.

Encouragé par le succès, par les applaudissements de ses compagnons, par la muette et niaise adhésion elle-même des autres spectateurs, Georges Bénier visa, cette fois, l'épaule du patient...

La seconde mouche tomba.

Que vous dirai-je! Georges Bénier ne pouvait plus reculer.

Et puis, cet homme qui s'obstinait à ne point se préoccuper du jeu insolent auquel la surface de son individu servait de théâtre! cela devenait impatientant, à la fin!

La troisième boulette effleura la main sur laquelle la troisième mouche se frottait, insoucieuse du danger, les pattes de devant...

La troisième mouche était morte comme les deux autres.

Cette fois, rien ne put contenir l'expression de l'enthousiasme des amis de Georges Bénier.

— Vive le *Tueur de mouches!* hurlèrent les fous.

Et tous les gens assis dans le café de compléter, par des rires, l'ovation du *Tueur de mouches*.

Cependant, tandis qu'on criait, tandis qu'on riait ainsi, l'homme à la redingote boutonnée s'était levé lentement... et, regardant autour de lui... par terre... il s'était baissé, à trois reprises différentes... pour y ramasser quelque chose.

Ceci fait, — et comme un garçon lui apportait sa tasse de chocolat, — l'étranger se dirigea, toujours sans se hâter, du côté où se trouvaient Georges Bénier et ses amis...

A ce mouvement les rires s'éteignirent partout, sur toutes les lèvres, dans le café...

Un profond silence succéda au tumulte...

— Étrangers ou amis du *Tueur de mouches*, chacun comprenait maintenant que l'affaire ne devait point en rester là.

Et que ce qui avait commencé comme un vaudeville pourrait bien se terminer comme un drame.

L'homme aux moustaches grises était arrivé près de la table de Georges et de ses compagnons.

Il salua d'abord.

— Tous les jeunes gens s'inclinèrent.

Georges Bénier, un peu pâle, mais calme, quitta vivement sa place et s'avança.

L'homme aux moustaches grises, étendant la main dans laquelle étaient réunies les trois boulettes de mie de pain, allait parler...

— C'est moi, monsieur, fit Georges Bénier qui ne voulut pas qu'on crût, ne fût-ce qu'une seconde, qu'il laisserait peser sur un autre la responsabilité de son action. C'est moi qui vous ai jeté cela.

L'inconnu salua de nouveau.

— Il suffit, monsieur, dit-il.

Il défit lentement quelques boutons de son vêtement.

Puis, tirant d'une poche de son gilet, une carte.

— Monsieur sera donc assez bon, je pense, continua-t-il, pour me montrer s'il est aussi adroit avec une épée...

Qu'avec une boulette de pain?

— A vos ordres, monsieur! repartit Georges, en échangeant sa carte contre celle de son adversaire.

Cette dernière carte portait ces mots :

LOUIS RODET,

Ex-capitaine d'infanterie légère.

III

Rendez-vous avait été pris pour le lendemain matin dix heures, au bois de Boulogne, par deux des amis de Georges Bénier, avec l'ex-capitaine d'infanterie légère.

Le lendemain, à l'heure dite, le jeune soldat du Trocadero et le vieux troupier d'Austerlitz et de Wagram se trouvaient en présence, sur le terrain.

L'avantage fut pour le vieux troupier : quoique Georges maniât assez bien l'épée, il n'était pas de force avec le capitaine.

Au bout de quelques passes il tombait, l'épaule traversée d'outre en outre.

Louis Rodet se pencha vers le blessé qui n'avait pas perdu connaissance.

Et le saluant froidement :

— Jusqu'au plaisir de vous revoir, monsieur, lui dit-il.

— Vous êtes trop bon, monsieur, repartit Georges Bénier.

Et, suivant de l'œil le vieux soldat qui s'éloignait, en compagnie de ses témoins... — deux bonshommes de son calibre, à en juger à leur tournure.

— Ah çà! pensa Georges, tandis que ses amis s'occupaient de le transporter dans une voiture, qu'est-ce qu'il entend au fait cet animal-là, avec son « au plaisir de vous revoir! »

Est-ce que, par hasard, il ne croirait pas la leçon de politesse suffisante?

Diable! mais ceci serait rien moins que divertissant!

IV

Georges Bénier garda le lit deux mois. Sa blessure était grave; elle exigeait des soins excessifs... beaucoup de calme.

Deux mois au lit... et un mois de convalescence dans l'appartement.

Et Georges Bénier fut libre, enfin.

— C'était bien la peine, disait-il dans les derniers temps, où l'ordre du médecin le clouait encore au fond d'un fauteuil, au coin de son feu, c'était bien la peine de me tant dépêcher de revenir d'Espagne pour recueillir mon héritage!...

Pour perdre ainsi trois mois à souffrir et à m'ennuyer!

Que le ciel confonde cet imbécile de Prosper Dyonnet avec son idée de ressusciter mes anciens talents de collégien...

Je lui revaudrai cette mauvaise plaisanterie-là, je le jure.

Mais serments de malade, serments d'ivrogne! Une fois rétabli, complètement rétabli, Georges Bénier, trop heureux de pouvoir se promener, manger, courir et rire, comme tout le monde, — comme tout le monde qui se promène, qui court, qui mange et qui rit. — Georges Bénier relégua ses projets de vengeance dans le sac aux oublis.

Prosper Dyonnet était un joyeux compagnon, un garçon d'esprit même, coupable seulement... — à l'occasion de l'histoire du café du Palais-Royal, — de l'ingurgitation, au-delà de son compte, de deux ou trois verres de vin de Champagne!

Prosper Dyonnet, pardonné par Georges, devint son inséparable, son intime. Ce fut lui qui chercha et qui trouva l'appartement qui convenait à Georges. Ce fut lui qui se chargea du choix du mobilier de cet appartement, ce fut lui qui amena à Georges un tailleur... tel qu'il lui en fallait un; ce fut lui encore qui acheta la voiture de Georges...

Bref, ce fut lui qui le produisit dans ce monde... inconnu jusqu'alors au sous-lieutenant... le monde des plaisirs!

Car il ne suffit pas, quoi qu'on en dise, de posséder une trentaine de mille francs de rentes, pour s'amuser à Paris ; il faut encore, à cet effet, savoir se servir de ces trente mille livres.

Et Prosper Dyonnet, lancé de bonne heure, par ses goûts, dans ce galant milieu parisien, où sa gaieté, le charme de sa personne, sinon son argent, lui avaient presque conquis une position; Prosper Dyonnet, pour un nouvel enrichi, désireux de jeter avec intelligence et fruit l'or par les fenêtres, était le meilleur conseiller, le plus habile *cicérone* qu'on pût trouver.

V

Vers la fin du carnaval de 1825, Georges Bénier, dont on commençait déjà à citer les bonnes fortunes, avait fait la connaissance, au bal de l'Opéra, de certaine dame... — qui eut aussi, en ce temps-là, un moment de vogue comme esprit et comme beauté, — qu'on nommait la baronne de Belmonte.

Je dis : *qu'on nommait*, car, entre nous, la baronne de Belmonte n'était pas plus baronne que madame sa mère...

Qui vendait des artichauts, en été, et des oranges, en hiver, à la Halle.

Mais la question de l'origine de la baronne de Belmonte n'a rien à voir ici. Ce qui nous intéresse, c'est que la dame avait soufflé la flamme de l'amour dans le cœur de Georges Bénier...

A tel point que Georges Bénier n'en dormait plus... la nuit...

Et qu'il passait ses jours à déplorer, dans le sein de son confident, Prosper Dyonnet, les cruautés de la belle.

Car, expliquons-nous bien, la baronne de Belmonte était cruelle... autrement dit, elle permettait bien à Georges Bénier de l'aimer.

Mais, en admettant même qu'elle rendit à Georges Bénier amour pour amour, — comme cela se chante dans *Jocônde*...

La baronne de Belmonte, — qui savait sur le bout du doigt son métier, — se gardait précieusement d'avouer, trop vite, *sa faiblesse*.

Trois semaines de cour assidue, — entremêlée de scènes de désespoir et de cachemires, de serments et de diamants, — trois semaines s'étaient écoulées déjà sans que Georges Bénier fût parvenu à tirer une étincelle du cœur de l'inhumaine...

Lorsque Prosper Dyonnet, — qui, jusque-là, très-occupé lui même près d'une danseuse, s'était contenté d'exhorter son ami à la patience...

Lorsque Prosper Dyonnet se décida enfin à lui venir en aide autrement que par des exhortations.

C'était un soir. Prévenu par Georges qu'il le trouverait ce soir-là, avec la baronne, au théâtre de la Porte-Saint-Martin, — la baronne daignait s'encanailler, parfois. Elle allait aux théâtres du boulevard. — Prosper Dyonnet entra, dans un entr'acte, dans la loge de nos amants.

Sur un signe imperceptible, — convenu d'avance entre eux, — de Prosper à Georges, ce dernier, au bout de quelques minutes, sortit... pour aller acheter des bonbons.

— Alors, prenant la main de la dame :

— Eh bien, chère amie, dit Prosper à la baronne, nous ne voulons donc pas en finir avec ce pauvre Georges, décidément?

La baronne prit un air de dédain, modifié néanmoins par un demi-sourire. — Elle connaissait trop bien Prosper Dyonnet, et elle se savait trop bien connue de lui, pour jouer sérieusement avec lui à la tigresse pur sang.

— Ah! ah! fit-elle. Ce pauvre Georges!... Est-ce qu'il vous aurait pris pour son ambassadeur, Prosper? Un ambassadeur chargé d'offrir la paix ou la güerre?

— Quand cela serait? repartit le clerc de notaire, où serait le crime, bel ange!

— Oh! il n'y aurait pas le moindre crime assurément... Mais...

— Mais?

— Mais... s'il faut être franche, mon bon Prosper, je vous dirai que le rôle que vous jouez en ce moment n'a pas le sens commun. C'est très-joli d'être l'ami des gens, sans doute! mais les devoirs assignés à cette amitié ont des bornes, avouez-le à votre tour. Voyons! Georges Bénier ne me déplaît pas, je le confesse.

— Vous seriez bien difficile s'il en était autrement.

— Oh! ce n'est pas un Apollon du Belvéder, après tout, mon cher, que votre Georges.

— Qu'en savez-vous?

— Qu'il est bête!

— Merci. Mais continuez donc. Nous disons que Georges Bénier ne vous déplaît pas?

— Oui, je l'ai dit et je le répète. Mais, parce que j'éprouve du plaisir à le recevoir... à sortir avec lui... ce n'est pas une raison...

— Pour devenir sa maîtresse?

— Évidemment.

— Bon! Et qu'est-ce qui vous déciderait, s'il vous plaît à devenir la maîtresse de Georges?

— Est-il bête!

— Vous l'avez déjà dit.

— Non! Mais, aussi... c'est qu'on ne fait pas des questions pareilles.

— Pourquoi donc ça?

— Mais, est-ce que je puis dire, moi, voyons, quand je l'aimerai assez pour... pour l'aimer beaucoup.

— Charmant. Alors... comptons un peu, je vous prie, baronne; voici trois semaines que Georges sèche sur pied..

— On ne s'en aperçoit guère; il a très-bonne mine.

— Mettons qu'il ne sèche pas... mettons, tout simplement, qu'il s'impatiente! Combien de jours encore supposez-vous qu'il devra s'impatienter?

— Mais je ne le sais pas, moi.

— Il faut que vous le sachiez.

— Hein?

— Il faut! Je ne m'en dédis pas. Ne froncez point les sourcils, ça ne vous sied pas.

— Et... pardon, monsieur Prosper, qu'arrivera-t-il si je ne me rends point à votre... invitation toute gracieuse.

Prosper se leva.

— Il arrivera, chère belle, dit-il en se penchant à l'oreille de la baronne, il arrivera que je confierai à Georges que vous avez pour amant de cœur... un petit comédien de ce théâtre... Ai-je besoin de vous le nommer?

— Non! non! murmura madame de Belmonte, devenue toute pâle.

— Confidence qui aura pour résultat certain... continua Prosper...

— Assez! fit vivement la baronne.

— La porte de la loge s'ouvrait, Georges Bénier rentrait tenant un sac de bonbons à défrayer tout un pensionnat de petites filles.

— Toujours des enfantillages, mon ami, dit la baronne à Georges, en lui adressant un regard qu'il ne lui connaissait point.

— Au revoir, mes enfants! cria Prosper.

. . . .

Ce soir-là, en prenant congé, devant sa porte, de la belle baronne de Belmonte, Georges, enivré de joie, emportait une promesse!...

Balbutiée entre deux baisers...

Avant deux jours, la baronne devait être à lui.

VI

Encore quelques heures! se disait Georges, se promenant le lendemain de cette soirée, en fumant son cigare, sur le boulevart des Italiens.

Encore quelques heures... rien que quelques heures à attendre...

Pour être heureux!

En ce moment, Georges se sentit prendre le bras; c'était Prosper Dyonnet qui rejoignait son ami pour aller dîner avec lui au café Anglais.

Les deux jeunes hommes, causant amour, allaient entrer au restaurant.

Georges avait faim. Depuis qu'il se savait aimé, l'appétit lui était revenu.

Mais comme il posait le pied sur le seuil du café Anglais, ces paroles prononcées derrière lui, en même temps qu'une main se posait sur son épaule, l'arrêtèrent.

— Pardon, monsieur, un mot, s'il vous plaît.

Georges se retourna brusquement ; cette voix qui lui parlait avait un accent connu... désagréablement connu.

Et il pâlit malgré lui.

Il était devant l'homme du café du Palais-Royal... l'homme à la redingote boutonnée... le capitaine Rodet.

En voyant son ami s'arrêter, Prosper Dyonnet s'était arrêté à son tour...

D'un coup d'œil, à son tour, il reconnut le capitaine.

Et comme Georges il devint pâle instantanément.

Cependant Georges, l'ancien officier de dragons, s'était déjà remis de son émotion involontaire.

— Que me voulez-vous, monsieur? demanda-t-il au capitaine.

— Peu de chose, monsieur, repartit ce dernier du ton le plus affable.

Et, prenant dans sa poche un paquet imperceptible qu'il tendit au jeune homme :

— Je veux vous rendre ceci.

Et vous annoncer, — puisque je vous trouve si bien rétabli, — que je me mets à votre disposition...

Pour vous rendre *une partie* du reste.

Georges avait machinalement développé le paquet de papier que lui avait remis le capitaine.

Il y trouva une boulette de mie de pain.

— Monsieur, dit-il.

Il allait dire : Je pensais qu'une rencontre suivie d'une blessure dangereuse suffisait à la réparation d'une folie?...

Le regard froid du vieux militaire lui cloua ces paroles dans la gorge.

Mais Prosper n'avait pas les mêmes raisons que son ami pour reculer devant une observation judicieuse.

— Monsieur, dit-il en s'adressant au capitaine, à moins que vous ne soyez poussé par un motif de haine personnelle, je ne devine pas quel intérêt vous pouvez avoir à exiger de M. Georges Bénier un nouveau combat...

L'insulte était légère, après tout, monsieur, vous ne sauriez le nier.

N'est-ce donc pas assez, pour la satisfaction de votre honneur, que le sang qui a été déjà versé ?

Le capitaine Louis Rodet avait écouté, les yeux à demi fermés, le discours de l'ami de Georges.

Quand il rouvrit ses paupières, Georges fut tellement frappé de l'éclair incisif qui s'en échappa, que, sans attendre une réponse... qu'il prévoyait outrageante pour lui, il s'écria, en saisissant le vieux soldat par le bras :

— Capitaine... je n'accepte pas... je ne veux point accepter les paroles que mon ami vient de prononcer. Son affection l'a égaré. Capitaine... nous nous battrons... nous nous battrons... tant qu'il vous plaira... Je suis prêt. Votre heure?

— Mais, la même heure que *la première fois*, monsieur, si cela ne vous gêne pas, répliqua le capitaine, redevenu affable.

Le même endroit.

— C'est bien, monsieur, c'est bien. A demain.

VII

Pauvre Georges! se battre! se battre encore! Risquer sa vie! risquer, au moins, la perte de quelques semaines... de quelques mois peut-être!...

A souffrir dans son lit!

Et cela, au moment où il allait devenir l'amant... l'amant heureux d'une femme belle et adorée.

Lors de ce second duel, Georges puisa dans sa rage une telle haine contre son adversaire, que son courage et son habileté s'en doublèrent.

Mais le capitaine avait prévu, sans doute, cette exubérance d'ardeur, de colère et de talent...

Car elle le trouva cuirassé...

La lutte fut longue... très-longue. Si le vieux soldat combattait pour venger son honneur, Georges, lui, combattait pour se garder à son bonheur.

Des deux côtés il y eut des prodiges de science et d'audace!...

Mais le sort en avait décidé ainsi, je suppose! Pour la seconde fois, Georges devait payer de son sang... sa gloire de *Tueur de mouches!*

Un coup de pointe en pleine poitrine le renversa inanimé sur le sable.

Et, horreur! en tombant, il crut entendre ces mots prononcés par le vieux soldat :

— Au revoir!

VIII

Cette fois, Georges Bénier resta trois mois cloué sur son lit...

Et près d'un mois encore, cloué dans son fauteuil.

Pendant ces éternels cent vingt jours de souffrance et d'ennui, l'amitié seule était demeurée fidèle au pauvre malade.

L'amour s'était enfui.

Oh! il ne faut pas demander l'impossible, non plus! Comment vouliez-vous qu'une femme gardât son cœur...

A un homme qui n'en avait vraiment que faire?

C'eût été de l'égoïsme de la part de Georges d'exiger que la baronne abandonnât pour lui, pendant quatre mois, le monde et ses plaisirs!

Et la baronne de Belmonte, ne pouvant croire à l'égoïsme de Georges, s'empressa de chercher un autre amant... sérieux.

Le premier jour où Georges, de la vie duquel les médecins désespérèrent pendant trois semaines, le premier jour où Georges eut la permission de parler...

Son premier mot fut comme une caresse, un pardon pour Prosper Dyonnet.

Prosper avait eu envie de s'enfuir en voyant son ami prêt à lui adresser la parole.

— Reste, reste! lui dit Georges avec un doux sourire.

Qui m'aimerait donc si j'étais assez sot pour te chasser?

Prosper secoua tristement la tête.

— Hélas! fit-il; hélas! il est vrai; la maladie éloigne les amis!

— Et les amours aussi, n'est-ce pas?

— Oh!... franchement, tu ne pouvais espérer...

— Que madame de Belmonte prendrait à mes côtés l'emploi de garde-malade? Non, certes, je ne comptais guère là-dessus.

A-t-elle seulement envoyé demander de mes nouvelles?

— Les quatre premiers jours.

— Quatre jours de suite! Allons, quand je serai rétabli, je lui adresserai quatre bracelets!

Ce n'est pas ma faute, mais la sienne, si je ne lui donne pas la semaine entière.

IX

Une chose qui surprenait Prosper Dyonnet au suprême degré, c'est qu'à mesure que ses forces revenaient, Georges Bénier, qui eût dû se réjouir de plus en plus, semblait, au contraire, de plus en plus préoccupé, je pourrais même dire inquiet, presque triste.

Quand Prosper lui disait :

— Quelques jours encore, et tu vas pouvoir sortir en voiture ; quelques jours encore, et tu vas reprendre ta joyeuse vie.

— Oui, oui, répliquait Georges, oui ; oh ! ce sera charmant! je suis bien heureux !

Et en prononçant ces derniers mots : je suis bien heureux, Georges hochait la tête comme une personne qui pense tout l'opposé de ce qu'elle dit.

Par discrétion, dans les premiers temps, Prosper avait hésité à demander à son ami l'explication de son étrange conduite.

Cependant un matin que le convalescent venait de formuler sur un ton plus lugubre encore que de coutume l'expression de sa joie :

— Ah! c'en est trop! s'écria brusquement Prosper; et dusses-tu me demander de quoi je me mêle en te questionnant, il faut que je sache le fond de ce mystère.

— A quoi penses-tu, voyons, Georges? Qu'as-tu? Qu'éprouves-tu?...

Le docteur a dit que, samedi prochain, il te permettrait une promenade en calèche...

Et quand je te félicite sur ton retour à la santé! quand je fais passer sous tes yeux les mille et mille ravissements que tu vas ressentir en revoyant tes boulevards, tes théâtres bien-aimés! quand je te dis qu'au bois, les lilas et les acacias n'attendent que ta visite pour fleurir!...

Tu me réponds comme si je te parlais de ta condamnation aux travaux forcés à perpétuité.

Est-ce donc qu'avec tes forces ton amour pour la baronne de Belmonte s'est réveillé en toi? Réponds; si ce n'est que cela... Eh! parbleu! il y a toujours moyen de s'entendre avec les parents de la fille!... — Eh! eh! je crois que le mot *parents* est de trop dans mon axiôme. Otons parents.

Georges, qui avait écouté jusque-là, sans bouger, son ami, se leva, et souriant doucement :

— Ne cherche pas, interrompit-il, tu ne trouverais pas.

— Je ne trouverais pas la cause de ta mélancolie?

— Non.

— Bah! c'est donc quelque chose de bien extraordinaire?

— Oui.

— Ah!... Et, puisqu'à ton sens il me serait si difficile... si peu possible même de deviner... ce qui t'affecte...

A ton sens, aussi, renonçant à chercher le mot de cette énigme, doit-il m'être interdit de te demander ce mot?

Georges, sans répondre, se couvrit la figure de ses mains.

Prosper devint grave à son tour.

— Il suffit, dit-il, intérieurement non pas offensé, mais affecté du silence de Georges. Tu ne me juges pas digne de ta confiance... Je n'insiste plus !

Il y avait une telle expression de douleur véritable dans le geste et la voix de Prosper, que Georges n'y résista point.

Il saisit son ami par la main.

— Eh! fou que tu es! s'écria-t-il; qui te parle d'indignité de ta part? Où as-tu pris, s'il te plaît, que je me défie de toi? Comment! tu ne devines pas que si je ne réponds pas tout de suite à tes questions... sur la bizarrerie de ma conduite, de ma manière d'être depuis quelque temps... c'est...

— C'est qu'il m'en coûte... pour moi... et non pour toi de te faire un aveu.

Prosper ouvrit de grands yeux.

— Tiens! reprit Georges, je parie que je n'aurai pas plus tôt satisfait ta curiosité, que tu regretteras... profondément... de m'avoir interrogé.

Prosper étendit de grands bras.

— Comment! cela est si grave que cela! fit-il. — Tu m'effraies, Georges.

— Ce n'est pas de l'effroi que je dois t'inspirer... c'est de la pitié... c'est de la honte!

— De la pitié! de la honte! Ah! çà, tu me traitais de fou tout à l'heure, Georges, mais c'est toi qui es fou! décidément... bien fou...

Et, à son tour, saisissant son ami par la main :

— Ne plaisantons plus, voyons! Explique-toi, je le veux, continua le jeune homme. Toi! faire honte à qui que ce soit, allons donc!... est-ce que c'est croyable?

Pourquoi es-tu sombre? pourquoi es-tu inquiet? Dis... dis vite, ou je me fâche!...

Eh bien?

— Eh bien!... c'est parce que j'ai peur, balbutia Georges.

— Tu as peur... toi!... et peur de quoi?

Georges alla ouvrir un tiroir de son secrétaire et en tira une carte qu'il rapporta à Prosper.

A la vue de cette carte, Prosper, soudainement illuminé, frappa des mains.

— Le capitaine Louis Rodet, exclama-t-il. Oh! brute! triple brute que j'étais!... oui, oui... je comprends maintenant, mon pauvre Georges... je comprends tout... Va! ne rougis point!... il n'y a pas à rougir. Cet ennemi... qu'un moment de folie a jeté sur ta route... cet ennemi... plus implacable pour toi, que ne saurait l'être l'homme à qui tu aurais enlevé la fortune et l'honneur... ce spadassin qui semble prendre plaisir à maintenir son droit d'obtenir une réparation cruelle d'une insulte futile... tu crains...

— Je crains de le rencontrer une troisième fois! je crains de me mesurer avec lui dans un troisième combat...

Eh bien, oui, Prosper, voilà ce que je crains...

Et j'ai raison de craindre!... J'en suis sûr... — J'en suis sûr, entends-tu?

Si je dois me battre encore avec cet homme... cette fois, cet homme me tuera.

Prosper s'assit près de son ami.

— Écoute, lui dit-il. Si... si tu ne te nommais pas Georges Bénier, il y aurait bien un moyen de te débarrasser de ce monsieur.

— Et ce moyen ?

— Ce moyen, dame!... à ta place... il est vrai que je n'ai pas été militaire, moi...

— Enfin?

— Enfin!... Eh! mon cher! le beau mérite de faire du chevaleresque avec un furieux quand il serait si simple...

— Si simple?...

— Mon Dieu! si simple... d'envoyer un mot à la police, pour...

Georges tressaillit.

— Jamais je ne consentirai à m'humilier à ce point, dit-il.

— Comment t'humilier! Tu t'humilierais parce qu'après avoir été blessé deux fois... deux fois mis en danger de mort par un sacripant, tu inviterais le préfet à vouloir bien...

— Assez! assez, Prosper! Tu disais vrai tout à l'heure ; si je ne me nommais Georges Bénier... si je ne sortais des rangs de l'armée... je pourrais, sans croire commettre une lâcheté, prendre pour l'avenir les précautions dont tu me parles... mais...

— Mais... il faut pourtant que tu échappes à ce brigand de capitaine... qui va te tomber encore sur le dos au premier jour... Il faut que tu évites un péril... d'autant plus menaçant... que, je le vois bien à cette heure, ton imagination frappée te le représente comme d'autant plus terrible.

Georges secoua tristement la tête.

— Tu as exigé une confession, dit-il, je me suis confessé. M'accuses-tu de trop de franchise?

Au moins tu reconnaîtras que si je redoute l'épée de Damoclès...

Je ne fais rien pour me soustraire à sa menace.

— Et c'est là l'erreur, s'écria Prosper, et c'est là où mon amitié doit te venir en aide, Georges.

Et mon amitié, en accomplissant son devoir, va te prouver qu'elle est solide... réelle...

Georges, je le regrette, il va falloir nous séparer.

— Que dis-tu?

— Je dis que tu pars dans huit jours pour l'Italie...

En Italie, il n'y a peut-être point de capitaine Louis Rodet, qu'en penses-tu?

Tu resterais par là, six mois... un an...

D'ici là... tu connais le mot de la fable, n'est-ce pas? *Le roi, l'âne ou moi, nous mourrons.*

Espérons que ce sera le *roi ou l'âne.*

— Mais qui t'empêche de m'accompagner dans ce voyage?

Prosper Dyonnet devint grave.

— Mon cher Georges, reprit-il, c'est parce que je t'aime, que je te conseille un déplacement... nécessaire, à double titre, à ta santé.

C'est parce que tu m'aimes, que tu ne me conseilleras pas... une fugue... qui compromettrait mon avenir.

Je suis premier clerc de notaire aujourd'hui, je puis être notaire demain!...

Voilà pourquoi, pour continuer de parler en proverbes et en citations, comme Sancho Pança...

Voilà pourquoi *votre fille est muette*, mon cher.

Autrement dit: Voilà pourquoi je ne puis t'accompagner en Italie.

X

Le conseil de Prosper était bon; Georges, quoiqu'en déplorant qu'il le séparât de son ami, suivit ce conseil.

A quinze jours de date de la conversation que nous venons de rapporter, Georges montait en chaise de poste et quittait Paris.

Nous ne suivrons point notre Tueur de mouches dans le cours de ses pérégrinations. Cela nous entraînerait trop loin.

Je vous dirai seulement, qu'au bout d'un mois de voyage, Georges avait complètement reconquis sa santé et sa bonne humeur...

Ce qui signifie qu'il avait complètement oublié le capitaine Louis Rodet...

Ce créancier de laide espèce, — y a-t-il de jolies espèces de créanciers, au fait? — qui, muni d'une misérable boulette de mie de pain en guise de lettre de change, avait réussi à faire peur à un ex-officier de dragons.

XI

A monsieur Prosper Dyonnet,

Rue de Ménars, n° 4.

A Paris.

Naples, 6 septembre 1825.

Mon cher Prosper.

C'est l'homme le plus heureux du monde qui t'écrit cette lettre. Brûle, brûle bien vite, je t'en supplie, toutes celles que tu as reçues, depuis trois mois, de ton ami! Elles te parlaient d'amours passagères et frivoles! Je ne veux pas, dès ce moment, qu'il reste, même en tes mains, un souvenir de ce passé.

O mon Prosper! tu vas croire, en lisant ces lignes, que j'ai perdu la raison. Je n'ai rien perdu, mon ami, j'ai tout donné, tout, entends-tu, corps et âme, à un ange!

Écoute.

La dernière fois que je t'écrivis, c'était lors de mon arrivée à Naples. Je te parlais d'une jeune fille que j'avais rencontrée se promenant avec sa mère sur le *Largho di monte Olivetto*, — une des places les plus fréquentées de cette ville. — Je te disais, — parce que le comte Popoli, un de mes amis d'ici, me l'avait appris, — que ces dames étaient Françaises; que la mère se nommait madame Castillon; qu'elle était veuve et riche; que la fille se nommait Blanche... qu'elle avait dix-sept ans... qu'elle était jolie... oh! jolie!... à encadrer.

Et voilà tout ce que je te disais, n'est-ce pas?

Parce que je ne pouvais te dire que cela.

Depuis trois semaines que je n'ai causé avec toi, quel changement dans mon existence, mon ami! Que d'événements! Comment te les raconter... pour te les raconter bien! Tiens! pour ne pas te faire languir, — et puis je n'en aurais pas la patience, — je commence par le dénouement de mon histoire: J'aime mademoiselle Castillon, je suis aimé d'elle... Avant un mois, je serai son mari.

Oui, Prosper, oui, je vais me marier! Je vais épouser la plus charmante, la plus adorable des femmes! C'est dans l'église de *San Domenico*, — tout est réglé déjà, tu vois, — que sera célébrée notre union. Ah! j'espère bien que, pour le coup, tu vas envoyer au diable ton étude, pour accourir me rejoindre! D'abord, je compte sur toi comme garçon d'honneur. Qui donc m'assisterait dans ma joie, si ce n'était Prosper?

Veux-tu quelques détails, dis? C'est ennuyeux, les détails, — ennuyeux pour moi, mais intéressant pour toi, je le comprends. Voici. J'ai été présenté chez madame Castillon par le comte Popoli. L'air de l'Italie avait été recommandé à Blanche. Ces dames reçoivent peu de monde: ce qu'il y a de mieux dans la ville. Accueilli d'abord comme un étranger, j'ai réussi bientôt à me faire traiter en intime. Bref... bref... je suis devenu éperdument amoureux de Blanche... elle m'a avoué qu'elle m'aimait... j'ai demandé sa main à sa mère... et...

Et dépêche-toi d'arriver, Prosper, dépêche-toi de venir me complimenter sur mon bonheur.

Tu me diras peut être, en ta qualité d'ami, c'est-à-dire de donneur de conseils, à l'occasion, que ce bonheur s'est accompli bien vite! Allons, monsieur Tiberge, rassurez-vous. Votre Desgrieux n'est pas si léger qu'il peut vous le paraître. Quand toute une ville s'accorde à respecter deux femmes, tu m'avoueras qu'il est bien permis, sans crainte d'être taxé d'inconséquence, de croire à la vertu de ces femmes! Et puis madame Castillon possède une fortune qui vaut bien la mienne, mon cher, ne t'en déplaise. Elle tient absolument à donner deux cent mille francs de dot à Blanche. Deux cent mille francs! c'est trop. Enfin, ma Blanche sera la femme la plus élégante du monde, voilà tout ce que j'y vois.

Dépêche-toi de te mettre en route, je te le répète. Point d'excuse, je n'en admets pas! Ces dames, de leur côté, attendent un de leurs parents... un frère de madame Castillon... que je connais beaucoup, à ce qu'il paraît... — mais dont elles n'ont pas voulu me dire le nom! Elles tiennent, assurent-elles, à me surprendre agréablement. — Tu vas voyager peut-être avec ce monsieur. Si c'est aussi une connaissance à toi, le temps te paraîtra moins long.

Et sur ce, je te serre la main... et je m'habille pour me rendre au théâtre *San Carlo* avec ces dames. O mon ami! que c'est bon d'aimer et d'être aimé... de cette façon-là! Je ne la connaissais pas. Je crois que c'est la meilleure.

A toi.

GEORGES BÉNIER.

Mon adresse: Rue Chiaja, en face du palais de Villa-Reale.

XII

Georges était assis derrière sa fiancée, dans une loge du théâtre de San-Carlo.

La toile venait de tomber sur le second acte d'un opéra de Piccini...

Georges murmurait à l'oreille de Blanche quelques mots d'amour...

Qui la faisaient sourire.

Madame Castillon, en bonne mère qu'elle était, feignait de lire attentivement un journal..

Pour mieux laisser jaser Georges...

Et sourire Blanche.

Tout à coup Georges, dont le regard se promenait vaguement du côté du balcon, tout à coup, Georges s'interrompt au milieu d'une phrase...

Il pâlit... il fait plus que de pâlir... il devient livide...

Un gémissement qui ressemble à un râle s'échappe de sa poitrine...

Les deux femmes, surprises, effrayées, se tournent vers lui.

— Adieu! adieu! s'écrie-t-il.

Et, se précipitant vers la porte de la loge, il bondit dans le couloir.

Il est hors du théâtre... Il est sur la place San-Carlo... Sa voiture... où est sa voiture? Ah! la voici...

— Fouette, cocher! fouette!

— Où monsieur va-t-il?

— Où je vais?... Où tu voudras... Droit devant toi, si tu veux... mais pars!...

Sans répliquer, le cocher a monté sur son siége. La voiture brûle le pavé... allant droit devant elle, comme le maître l'a ordonné.

Quand les chevaux, harassés, refusèrent d'avancer, Georges était à huit lieues de Naples.

XIII

— Qu'est-ce? dit Georges en sortant la tête par la portière. Pourquoi ne roulons-nous plus, Jean?

— Parce que les chevaux de monsieur ne veulent plus marcher, répliqua le cocher.

Georges sauta à bas de la voiture, et à la clarté d'une de ces belles nuits, comme il n'en existe qu'en Italie, regarda autour de lui. Il se trouvait dans un village, et il aperçut sur sa droite une auberge qui lui parut être en même temps une maison de poste.

En face de la porte de ce bâtiment il y avait une berline de voyage, à laquelle on était en train d'atteler deux chevaux de volée...

Georges fit signe à son cocher de l'attendre, et courut à l'auberge... ou à l'hôtel de poste, comme il vous plaira.

Un homme, qui devait être le maître du lieu, se tenait debout sur le seuil de la porte...

Présidant, de l'œil, à l'opération du harnachement des chevaux qu'on mettait à la berline.

— Monsieur, dit Georges à cet homme, il me faut deux chevaux pour ma voiture.

L'homme secoua la tête.

— Désolé, monsieur, répliqua-t-il, mais je n'ai plus de chevaux.

Voici mes derniers qu'on attèle à cette berline.

Georges s'élança vers la portière de la berline et l'ouvrit.

Un homme, — un Anglais, — à en juger par la forme de ses favoris et de sa casquette de voyage, était dans cette berline.

Georges le salua.

Le voyageur ôta sa casquette.

— Monsieur, dit Georges, j'ai un service... un immense service à vous demander.

— Dites, monsieur, repartit le voyageur avec un accent qui ne démentait ni sa casquette ni ses favoris, dites.

— Voulez-vous me céder vos chevaux?

— Impossible! monsieur.

— Je vous en conjure!

— Impossible!

— Je vous offre mille francs... deux mille francs... trois mille francs en échange de cette gracieuseté.

— Je n'ai pas besoin de votre argent, monsieur.

— Monsieur... votre bonté me sauvera la vie.

— Je n'ai pas le temps d'être bon.

— Monsieur...

— Eh! monsieur, vous me fatiguez, à la fin! Fermez ma portière, s'il vous plaît. Postillon!... en route!

— Monsieur... prenez-y garde! vous pourriez vous repentir de votre cruauté!

— Me repentir? Aoh!... Postillon!... postillon!... attendez une minute.

L'Anglais descendit lentement de sa voiture, et, se plaçant en face de Georges, — dont la main était restée crispée sur la portière:

— Qu'entendez-vous, s'il vous plaît, fit-il, avec ce flegme qui n'appartient qu'à ces nobles insulaires, qu'entendez-vous, monsieur, par *me repentir?*

— Je me nomme lord Raleigh, entendez-vous, monsieur? Et vous?

— Moi, je me nomme Georges Bénier, milord.

Je suis attaché d'ambassade.

— Moi, je ne suis rien.

— Enfin, expliquez, je vous prie...

— Ce que j'ai voulu dire par ma menace! Eh! le sais-je, milord? Je suis fou, peut-être. Mais, fou ou non, je vous répète qu'il dépend de vous que je ne sois pas tué... demain... aujourd'hui, peut-être.

L'Anglais considéra un instant le jeune homme...

Puis, haussant les épaules.

— Eh! qu'est-ce que cela peut me faire, monsieur, dit-il, que vous soyez tué... demain ou aujourd'hui?

Ces Français sont bêtes, décidément, ajouta-t-il en faisant un mouvement pour remonter dans sa berline.

Mais Georges avait deviné ce mouvement... il avait entendu les insolentes paroles de l'Anglais.

Il leva la main...

XIV

A ce moment, il se fit un grand bruit sur la route.

C'était une troisième voiture qui arrivait au grand galop.

Comme Georges, dans un accès de colère irréfléchie, allait venger sur la joue de l'inflexible lord Raleigh l'insulte adressée par celui-ci à tous les Français en général...

Et à son interlocuteur en particulier...

Un cri, parti de la voiture qui s'arrêtait, troisième, devant l'auberge, retint son bras.

C'était son nom qu'on venait de prononcer... et la voix qui avait prononcé son nom, c'était la voix.... la voix de l'homme qu'il fuyait...

La voix du capitaine Louis Rodet... enfin !

— Ah ! je suis perdu ! balbutia le malheureux jeune homme, qui sentit une sueur glacée perler sur son front.

C'était bien le capitaine Louis Rodet qui avait poursuivi Georges.

C'était bien le capitaine Louis Rodet qui venait de l'appeler.

Georges le voyait maintenant qui s'avançait vers lui.

A l'aspect de celui qu'il considérait comme son bourreau, Georges, avançant au lieu de reculer, comme on eût pu s'y attendre d'après ce que nous avons conté, Georges s'écria :

— Tuez-moi ! assassinez-moi, monsieur, car je ne me battrai pas, je vous en préviens.

Tuez-moi donc !... tuez-moi tout de suite !

Je suis un lâche, je l'avoue ; j'ai peur de vous !

Tuez-moi !

XV

Les bras croisés sur sa poitrine, le front haut et fier encore, — en dépit de son aveu indigne, — Georges demeurait immobile en face de son ennemi.

Le capitaine, immobile également, considérait Georges...

Et, sur les lèvres du vieux soldat se jouait un étrange sourire.

A quelques pas des deux Français s'était formé un groupe.

C'était le maître de poste et ses gens qui examinaient cette scène, à laquelle ils ne comprenaient rien.

L'Anglais lui-même, mû par un sentiment de curiosité, avait oublié de remonter dans sa berline.

Il regardait, comme les autres, Georges Bénier et le capitaine Rodet en présence.

Enfin, le capitaine ouvrit la bouche.

Et tendant sa main droite à Georges.

— Mais qui vous parle de mort, monsieur ? dit-il d'un ton affectueux. Qui vous parle de combat? Pourquoi vous tuerais-je, vraiment ?

Je suis l'oncle de Blanche, monsieur.

Et je viens, de sa part, vous remettre cet objet...

Qui vous appartient.

Georges, éperdu, baissa les yeux sur la main qu'on lui présentait...

Et il poussa une exclamation de joie.

Le capitaine renonçait à la troisième rencontre à laquelle il avait droit.

Il rendait au Tueur de mouches la troisième partie du corps du délit.

La troisième boulette de mie de pain.

XVI

La joie fait peur, a dit une femme de talent.

Elle eût pu dire aussi : *La joie fait mal.*

Le capitaine Rodet, répondant à l'invitation de Georges, eût levé sur lui un poignard, que Georges n'eût certes point bronché.

Il apprenait qu'il était délivré pour toujours d'une persécution odieuse...

Il chancela et perdit connaissance.

Quand il revint à lui, couché sur un lit de l'hôtel, le premier geste de Georges fut encore un geste de terreur instinctive.

Le capitaine Rodet était à ses côtés.

Mais il sourit aussitôt ; le capitaine lui souriait.

— Comment, monsieur, dit-il, c'est vous qui...

— C'est moi qui vais être votre oncle, jeune homme, dit le capitaine. Oui, vraiment.

Et comme Georges allait répliquer :

— Deux mots encore, poursuivit le vieux soldat.

— Je me suis montré peut-être bien sévère pour une légère faute, mon ami, je le reconnais.

Mais mon excuse... la comprendrez-vous... mon excuse... bonne ou mauvaise, la voici : J'ai servi l'Empereur et vous avez servi les Bourbons !

Austerlitz ne pouvait se laisser primer par le Trocadero.

Cependant, pour que vous ne me jugiez pas plus méchant que je ne le suis, Georges, sachez qu'avant même que ma sœur ne m'eût écrit que vous désiriez être son gendre, sachez que j'avais décidé que je ne croiserais plus le fer contre vous.

C'était bien assez de deux fois, n'est-ce pas ?

— C'était trop ! repartit naïvement Georges.

Mais comment se fait-il, capitaine...

— Que madame Castillon et sa fille vous aient fait un secret de mon nom ?

C'est moi qui le leur avais enjoint...

En leur donnant, comme bien vous pensez, pour justifier cette invitation, un tout autre motif que celui qui existait.

Georges soupira.

— A la bonne heure! fit-il; ma chère Blanche!... Je le pensais bien aussi! Si elle avait su...

— Si elle avait su que j'avais failli vous tuer deux fois, elle m'aurait détesté cordialement, c'est tout naturel...

Et elle ne m'eût pas attendu... comme elle m'attendait... avec impatience...

Georges se leva.

— De tout ceci, capitaine, dit-il, il résulte...

— Il résulte, mon cher Georges, que vous allez vous marier à une charmante fille.

— Ce n'est pas absolument cela que j'allais dire, capitaine.

— Quoi donc, mon ami?

Georges baissa les yeux en rougissant.

— Enfin, capitaine, murmura-t-il... j'ai eu peur... il faut bien que je le confesse!... encore... j'ai eu peur...

Le capitaine éclata joyeusement de rire.

— Tellement peur, n'est-il pas vrai, que pour éviter de vous battre encore avec moi, vous alliez vous battre avec cet Anglais qui vous refusait ses chevaux!...

Oh! lord Raleigh m'a tout conté avant de partir.

Allons, Georges...

Et le vieux soldat serra la main du jeune homme.

— Les plus grands hommes de l'antiquité, à commencer par Thésée, sacrifiaient, dit-on, à la Peur...

Un ex-officier de dragons... après avoir joué largement deux fois sa vie... n'était-il pas excusable, une troisième fois, de serrer un peu plus son jeu.

— D'ailleurs, ce n'était pas la mort que je craignais, vous l'avez vu, capitaine?

— Je l'ai vu, mon ami. C'était mon épée.

— Mais Blanche, mais sa mère... que leur dirons-nous pour m'excuser, fit Georges après un silence.

Le capitaine réfléchit une seconde, puis:

— Nous leur dirons la vérité, parbleu! s'écria-t-il, c'est encore ce qu'il y a de plus simple.

— Au fait! reprit Georges, j'étais fou quand j'ai abandonné Blanche.

— Elle l'a cru. Tâchez qu'elle vous croie fou encore au retour.

— Comment?

— Sans doute! fou d'amour.

XVII

Georges épousa Blanche.

Et ils furent heureux.

Et ils eurent beaucoup d'enfants.

De l'aîné desquels le capitaine Rodet fut le parrain.

La morale de cette histoire...

C'est que s'il n'y avait pas eu de mouches au café du Palais-Royal, en octobre 1824...

Georges Bénier ne se fût jamais battu, peut-être, avec le capitaine Rodet...

Et ne fût jamais, non plus, peut-être, devenu, par alliance, son neveu.

Tout est bien qui finit bien.

FIN DU TUEUR DE MOUCHES.

LES

SOUHAITS DU VIEUX CURÉ.

I

Je ne sais s'il existe encore à Paris, rue Bourbon-Villeneuve, un petit restaurant, — devant lequel, enfant, je passais souvent, il y a une vingtaine d'années, — et qu'on appelait alors, s'il m'en souvient bien, la maison du père Godot.

La maison du père Godot était un de ces établissements culinaires de sixième classe, inconnus, heureusement peut-être, à nombre de Parisiens, à qui leur appétit, soutenu d'une bourse bien garnie, permet de faire chaque jour un déjeuner et un dîner confortables.

Pour dîner ou pour déjeuner chez le père Godot, il n'était nécessaire de posséder ni cinq francs, ni trois francs, ni deux francs, ni trente-deux sous, ni même vingt-deux sous... ce chiffre, assez fabuleusement réduit déjà pourtant, auquel sont cotés les repas de Rameau et autres Flicotteaux, ces illustres *trompe-la-faim* sous la forme de restaurateurs.

A l'enseigne du *Gagne-Petit*, — enseigne loyale s'il en fut, — chez le père Godot, on mangeait à la portion, voire même à la demi-portion, ce qui signifie que moyennant la somme de douze à quinze sous comptant, — oh! toujours comptant! la grisette, l'ouvrier sans ouvrage, le petit employé ou l'acteur de la banlieue, pouvait entrer là se substanter, — quitte à aller dîner ailleurs ensuite, si ses moyens le lui permettaient.

Enfin, tous les dîneurs qui n'y voyaient pas plus loin que leur dîner, venaient au Gagne-Petit chaque jour sans se préoccuper d'y approfondir les mystères de la gibelotte.

Et voilà comment, en dépit des plaisants, la maison du père Godot faisait, sinon des affaires d'or, du moins d'honnêtes affaires, en réunissant tant bien que mal, bon an mal an, les deux bouts.

Après tout, n'est-ce pas, il faut bien qu'il y ait dans Lutèce des gens qui ne gagnent rien et d'autres qui se contentent de faire semblant de dîner,..

Quand ce ne serait que pour servir d'ombre dans le grand tableau de la vie parisienne aux gens qui gagnent ou qui dépensent plus qu'il ne faut.

Or, c'était vers la fin du mois de septembre 1835.

Six heures du soir venaient de sonner...

L'heure où Paris se met à table.

Il n'y avait encore que cinq à six personnes dans la salle basse du père Godot, lorsque Horace y entra.

Horace était un jeune homme de trente à trente-deux ans, grand, mince, aux traits fins et distingués.

Sa mise, quoique des plus simples, décelait pourtant plutôt le bien-être que la gêne.

Il y a toute l'explication de la position financière d'un homme dans la finesse du drap de son habit ou de sa redingote, dans la coupe de son pantalon, dans la manière surtout dont il est chaussé...

Et Horace était donc ce qu'on appelle communément bien mis.

Après avoir jeté sur sa droite, en entrant chez le père Godot, un rapide coup d'œil sur un groupe de quatre jeunes femmes qui se livraient à un festin de trois francs, à elles quatre, notre jeune homme, poussant une exclamation de dépit, comme quelqu'un qui ne trouve pas ce qu'il cherche, se dirigeait machinalement vers une table en face de lui..

Et tout en marchant, malgré son évidente préoccupation, ses regards se promenaient de côté et d'autre...

Evidemment encore, c'était sa première visite au restaurant du père Godot...

Lorsque tout à coup un éclair de surprise illumina les traits soucieux de notre jeune homme.

Il venait d'apercevoir un prêtre assis devant une table dans un coin de la salle...

Et ce prêtre, dont les cheveux étaient tout blancs, avait une de ces figures toutes radieuses de bonté et de douceur, et vers lesquelles on se sent tout de suite attiré...

Sans se rendre compte du sentiment qui le poussait, Horace s'était avancé vers l'homme de Dieu, et le saluant avec respect :

— Cela vous serait-il désagréable, monsieur, lui dit-il, que je prisse place à votre table?

— Désagréable! pourquoi donc, monsieur? répliqua le prêtre; bien au contraire.

Et le jeune homme et le vieillard échangèrent un sourire de sympathie... en s'asseyant l'un en face de l'autre...

— Quoi qu'il faut servir à monsieur? un potage? un demi-potage? criait à ce moment une voix dans les oreilles d'Horace.

C'était Anastase, le garçon, l'unique serviteur de la maison Godot, un petit homme de quatorze ans à peine, qui demandait ainsi ses ordres au nouveau venu.

— Donne-moi ce que tu voudras, mon ami, repartit Horace.

— Alors, un potage entier pour monsieur... Monsieur mangera bien un potage entier?...

Et Anastase courait déjà à la cuisine, quand, se ravisant :

— Ah! fit-il, monsieur prend-il du vin?

Horace regarda à la dérobée le prêtre en face de lui.

Le brave homme entamait alors sa bouteille... une vraie bouteille, ma foi!

— Non, pas de vin; merci, mon garçon, répondit Horace.

Ce fut au tour du prêtre d'examiner du coin de l'œil son vis-à-vis.

Pendant ce temps, Horace dépliait sa serviette,

Cependant Anastase reparaissait déjà, apportant *triomphalement* au *client* une julienne dans laquelle la pomme de terre dominait avec une véritable tyrannie de reine des légumes.

Quelques secondes après, Horace achevait son espèce de potage, comme le prêtre achevait une espèce de beefsteak... qui avait dû bien abuser de sa patience...

Et la conversation s'engageait ainsi entre le vieillard et le jeune homme :

— Vous êtes de Paris, monsieur?

C'était le prêtre qui faisait les avances

— Oui, monsieur.

— Ah!... ah!... une belle ville, monsieur, une ville magnifique... superbe! bien au-dessus de tout ce qu'on peut imaginer. Moi, c'est la première fois de ma vie que je viens dans la capitale, et en m'en retournant dans mon petit village normand, j'emporterai, je vous assure, des souvenirs précieux de mon voyage.

Mais qu'est-ce que vous faites donc là?...

Tout en écoutant le prêtre, Horace avait pris une carafe et se versait...

Horace s'arrêta à mi-verre pour répondre en regardant son interlocuteur.

— Mais j'ai soif, je me sers à boire, monsieur.

— A boire, à boire... répéta le prêtre; mais cela n'est pas bon, à votre âge, de boire de l'eau.

Et, tenez, voulez-vous m'obliger?...

Et une légère rougeur se répandait, tandis qu'il parlait ainsi sur les traits du vieillard.

— Je ne boirai jamais une bouteille à moi tout seul, vous comprenez? Voulez-vous que nous la partagions, là, sans façon?

Et, sans attendre la réponse du jeune homme, le vieillard lui versait déjà son vin.

Horace rougit à son tour.

— Vous êtes trop bon, monsieur, fit-il, en vérité, et je ne sais si je dois...

— Bah!... reprit le prêtre... je m'ennuyais tout seul à ma table... vous avez été assez aimable pour venir m'y tenir compagnie... il est bien juste que je fournisse ma quote part de gracieuseté... D'ailleurs!... bien vrai! encore une fois... je ne bois pas beaucoup de vin, voyez-vous, mon enfant... En Normandie, nous ne sommes pas habitués à ce genre de douceurs... C'est donc un service que vous me rendez en acceptant ce que je vous offre... Eh! eh!... qui sait!... J'aurais été trop gourmand peut-être... un vilain péché!... et grâce à vous, ainsi je ne risque plus de mal faire.

Horace sourit au vieillard.

A ce moment, Anastase apportait au premier un beefsteak nouvelle édition, au second une fricassée de poulet...

Une fricassée de poulet pour six sous!...

Et on osait médire de la maison du père Godot!

Tout en mangeant, nos deux amis... car ils étaient amis déjà, vraiment, ce vieillard et ce jeune homme!... oh! à coup sûr, bien autant que certaines gens qui ont vécu vingt ans ensemble; tout en mangeant, donc, nos deux amis avaient repris leur conversation.

— Et de quel côté de la Normandie êtes-vous, mon père? demanda Horace.

— Oh! du petit côté, mon enfant, du département de l'Eure... Je dessers Fleury-sur-l'Andelle... à quatre lieues des Andelys... Connaissez-vous ce pays-là?

— Non.

— Fleury n'est qu'un pauvre village... trop pauvre, hélas!.. et j'avais espéré en venant à Paris... Mais ceci ne vous intéresserait que médiocrement, je pense?...

— Pourquoi donc?

— Oh! c'est que les chagrins d'un petit curé de campagne...

— Valent bien les ennuis d'un petit artiste de Paris...

— Ah! vous êtes artiste, mon enfant, artiste... peintre?

— Oui, mon père.

Le veillard considéra le jeune homme avec une sorte de joie naïve.

— Ah! vous êtes artiste! répéta-t-il...

Et après une pause :

— Eh bien! au fait, reprit-il, vous avez raison, mon ami... mon cher... Comment vous nommez-vous?

— Horace.

— Bon! moi, je me nomme Blondeau, entendez-vous?... Donc, vous avez raison, mon cher Horace... Je vais, puisque cela ne vous ennuie pas, vous conter mes chagrins. A votre tour ensuite, vous me direz ce qui vous tourmente...

Et qui sait! peut-être que, de cette étrange confidence, s'il ne résulte pas un complet adoucissement à nos peines, du moins, mon Dieu! n'est-ce pas... un sage avis, parfois un bon conseil...

Mais buvez donc... Ah! nous allons nous fâcher, prenez-y garde, si vous mettez encore tant d'eau dans votre verre!...

— Oui, oui, quoi qu'il arrive, reprit Horace en serrant la main du vieillard, il adviendra pour l'un de nous, de cette rencontre, une des plus douces joies qu'il ait jamais éprouvées...

— Pour l'un de nous!... pour l'un de nous!... Pourquoi pas pour tous les deux, mon enfant?... Vous êtes donc un égoïste, vous?... Eh! eh!... vous voulez donc accaparer tout le plaisir à vous tout seul?...

Mais vous ne mangez plus?

— Non!... je n'ai plus faim, mon père.

— Déjà... vous n'êtes pas en appétit aujourd'hui, ce me semble. Cependant... vous prendrez bien encore un fruit?...

— Oh! non!...

— Laissez donc!... J'ai demandé au garçon une poire et un raisin. Je ne sais où j'avais les yeux de croire que je mangerais tout cela...

Tenez, voilà qu'on m'apporte justement mon dessert.

— Allons... la poire ou le raisin? Qu'est-ce que vous préférez?

— Mais...

— Au fait! tiens, je ne veux pas me gêner, moi, j'aime mieux le raisin. Voici la poire pour vous.

Et maintenant, en deux mots, ma petite histoire, n'est-ce pas, mon enfant?

Et les coudes appuyés sur la table, le visage bien en face de son compagnon, qui ne pouvait se lasser de contempler ces traits animés d'une expression angélique, le vieux curé commença ainsi :

— Vous saurez donc, mon jeune ami, que j'étais venu tout joyeux à Paris pour y recueillir un modeste héritage... Deux mille francs... Vous voyez que cela n'était pas bien énorme, — et que si je m'en retourne tout triste à mon pays, c'est que l'héritage m'a glissé entre les doigts, emporté par un malhonnête homme qui n'a pas songé, sans doute, en commettant sa mauvaise action à mon égard, que c'était bien plutôt le bon Dieu qu'il volait qu'un humble pasteur... puisque cet argent que je venais chercher près de lui, il ne l'ignorait pas, était destiné au service de Dieu.

Une larme mouilla les yeux du vieux curé.

— Mais, fit Horace ému, cet homme qui vous a volé, mon père, vous avez porté plainte contre lui au moins?

Le vieillard secoua la tête.

— A quoi bon? reprit-il. D'abord cet homme a disparu depuis longtemps, et quand on le rattraperait... croyez-vous donc qu'on retrouverait sur lui cet argent... qu'il m'a pris!...

— Cependant...

— Et puis... quand ce ne serait pas pour lui... que je méprise sans doute... j'ai découvert que ce méchant homme avait laissé à Paris une femme, des enfants, dans la misère... et vous comprenez, mon ami... C'est bien assez déjà qu'ils soient malheureux, abandonnés, sans que le déshonneur encore...

Bref... je les ai consolés au contraire... comme j'ai pu .. en pleurant un peu avec eux...

— Et en leur ouvrant votre bourse aussi, avouez-le, mon père?

— Oh!... cela... c'était tout naturel... ils manquaient de pain.

Et voilà toute mon histoire, mon enfant. Je m'en retourne comme j'étais venu... Je me trompe... j'avais l'espérance en arrivant... et je ne l'ai plus.

— Mais serait-ce une indiscrétion, mon père, que de vous demander ce que vous comptiez faire de ces deux mille francs que vous veniez chercher à Paris?...

Le vieux prêtre sourit avec mélancolie.

— Je vous l'ai dit, mon ami, reprit-il, je les avais consacrés d'avance au service de Dieu. Possesseur de ces deux mille francs, mon intention était de faire reconstruire le clocher de ma pauvre église, lequel clocher ne tient plus depuis longtemps qu'à un fil... puis d'élever tout autour de notre cimetière un bon mur à la place de la mauvaise barrière en bois à demi détruite qui l'enclôt, mais ne le protége pas. Vous concevez, mon enfant... le repos des morts... c'est sacré, cela... et j'aurais été si heureux que mes chers trépassés pussent dormir tranquillement sous la terre que j'ai bénie!

Le prêtre essuya ses yeux. Horace s'était détourné légèrement.

— Ah! continua le premier avec un gros soupir, et puis j'avais rêvé encore une grande joie, grâce à mes deux mille francs : l'église de Fleury ne possède pas un seul tableau, pas une madone; pas un portrait de saint... et riche comme je croyais l'être bientôt... Mon Dieu! je sais bien que pour prier il n'est pas absolument utile... Mais c'est égal, voyez-vous, mon ami, une sainte image placée au-dessus du maître-autel... Ah!...

Le vieux curé n'acheva pas; mais un nouveau soupir, au moins aussi désolé que le précédent, dit pour lui, à Horace, combien de regrets amers s'étaient amassés dans ce digne cœur navré par la perte de ses plus chères espérances.

Horace demeura muet un instant; il semblait gravement réfléchir.

Tout à coup, serrant encore la main du vieux curé :

— Voyons, mon père, dit-il, ne vous désolez pas.

Quant à la réédification de votre clocher et à la construction du mur de votre cimetière, est-ce qu'il n'y aurait pas moyen, d'abord, en s'adressant aux fidèles... de votre paroisse...

Le prêtre hocha la tête.

— La paroisse se compose de six cents habitants tout au plus, répliqua-t-il... et tous.. pauvres... comme leur curé...

Ah!... il y en a bien un cependant parmi eux, qui, s'il le voulait...

— Ah! vous voyez bien...

— Sans doute, mais il ne le veut pas. Je lui ai déjà parlé cent fois de cette bonne œuvre, et cent fois il m'a tourné le dos... ce vilain Poupillier.

— Ah! il se nomme Poupillier.

— Oui, un maître maçon... Vous concevez, un maître maçon, la besogne ne lui reviendrait qu'à moitié prix à lui..

D'ailleurs, il est riche, très-riche.

Horace se leva.

— Vous partez, mon récit vous a ennuyé, n'est-ce pas? fit le prêtre en regardant, non sans quelque étonnement, le jeune homme. Et cependant vous m'aviez promis de me conter à votre tour vos peines.

— Je ne l'ai pas oublié, mon père, et je compte bien aussi tenir ma promesse plus tard.

— Plus tard!... Mais quelle heure est-il? Sept heures déjà. Mon Dieu! comme le temps passe vite quand on cause. Mais, cher enfant, je pars à neuf heures pour mon pays.

— A neuf heures! Par quelle voiture?

— Je ne sais pas. Ça se prend rue du Bouloi, une rue tou près d'ici; c'est même à cause de cela que j'ai dîné dans ce quartier.

— Eh bien!... mon père... une proposition, voulez-vous? fit gaiement Horace en se penchant vers le vieux curé.

— Une proposition... et laquelle, mon ami, repartit ce dernier, de plus en plus surpris de l'allure joyeuse du jeune homme.

— La voici : je suis artiste, je vous l'ai dit... rien ne me retient pour l'instant à Paris. Je cours jusque chez moi chercher ce qu'il me faut pour peindre... un chevalet, une toile et une boîte à couleurs...

Je prends en même temps un petit paquet de linge... quelques hardes...

A neuf heures, heure militaire, je vous rejoins à la voiture de la rue du Bouloi.

Et nous partons ensemble pour Fleury-sur-l'Andelle.

Et dans un mois... — Ah! il faudra que vous me nourrissiez, par exemple, pendant ce temps-là, mon père...

Mais je mange et je bois fort discrètement, vous l'avez vu...

Et dans un mois, dis-je, si votre église n'a pas encore son clocher en bon état....

Si vos chers morts ne dorment pas bien tranquilles encore derrière une épaisse muraille...

Eh bien! du moins, vous aurez au-dessus de votre maître-autel un tableau de saint ou de sainte, à votre choix... et un beau tableau, je vous le jure...

Et, qui sait?... peut-être que ce tableau portera bonheur à l'église..

Qui sait si maître Poupillier, le maçon, ne se piquera pas d'honneur à son tour?...

Et si la muraille et le clocher n'arriveront pas à la suite du tableau?...

Allons, bon père, que dites-vous de ma proposition? voyons, vous plaît-elle? m'emmenez-vous?

Tandis qu'Horace parlait ainsi, le vieux curé, qui avait bondi sur sa chaise dès les premiers mots, n'avait pas cessé de fixer sur son interlocuteur des regards étincelants.

Il n'écoutait pas les paroles du jeune homme, il les buvait; il les aspirait par tous les pores.

A cette dernière phrase qui terminait le petit discours d'Horace :

— M'emmenez-vous?

Le vieillard, au lieu de répondre, poussa un petit cri.

En même temps, il appelait le garçon du père Godot, et, lui mettant une pièce de cinq francs dans la main :

— Payez-vous? payez-vous! balbutia-t-il; deux dîners, deux dîners, vous entendez; celui de monsieur que voilà et le mien...

Et pressant avec effusion de ses deux mains la main d'Horace, le vieux curé ajouta tout bas à l'oreille du jeune homme :

— Je commence à vous nourrir, vous le voyez, mon enfant; c'est donc vous dire que j'accepte avec transport votre proposition.

Oh! un beau tableau dans mon église, un beau tableau! Ce sera la Vierge et son divin enfant, entendez-vous, mon ami? Ça vous est égal à vous le sujet; et moi, c'est celui que j'avais rêvé. Ah! si je vous emmène à ce prix-là, si je vous emmène. . Mais je le crois bien, et vous mangerez plus qu'ici. Ah! mais je vous y forcerai bien, cher ami, et...

Mais allez donc; que faites-vous là à m'écouter bavarder? Courez donc chez vous, mon enfant, courez donc; songez qu'il ne nous reste plus que deux heures avant de partir.

Horace était sur le seuil du restaurant, adressant de la main un : au revoir! à son vieil ami.

— Ah! rappelez vous le nom de la rue au moins où nous prenons la voiture, rue du Bouloi; vous la connaissez, n'est-ce pas, cette rue-là, mon enfant?

— Oui, oui, soyez tranquille.

Et Horace disparut.

— Votre monnaie, monsieur, que vous oubliez, dit l'honnête Anastase au prêtre qui sortait à son tour de la maison du *Gagne-Petit*, quelques secondes après ce que nous venons de raconter.

Le curé regarda dans les mains de l'enfant les trente sous qui lui revenaient sur sa pièce de cinq francs.

— Garde pour toi, dit-il.

— Pour moi tout?... s'écria Anastase, émerveillé d'une telle générosité.

— Oui, tout!...

Et le vieux prêtre, en s'acheminant doucement vers la rue du Bouloi, murmurait :

— Oh! quand on est heureux, il me semble qu'il est encore plus facile d'être bon!

II

A l'époque où se passe notre histoire, la vapeur ne transportait pas encore à volonté, en France, de l'un à l'autre des quatre points cardinaux, et voyageurs et marchandises, avec une rapidité qui peut être fort avantageuse pour les marchandises, mais qui, certes, n'est pas toujours des plus agréables pour les voyageurs.

J'entends des voyageurs qui aiment à voyager.

— Oh! le progrès! la belle chose, en vérité, pour vous priver la plupart du temps de mille petits plaisirs, au profit d'une satisfaction douteuse!

Partis tout simplement de Paris par la diligence d'Évreux, sur les neuf heures du soir, le curé Blondeau et son nouvel ami le peintre Horace, arrivaient donc tout simplement aussi, le lendemain matin, à sept heures et demie à Fleury.

Fleury est un petit village qui traverse la route de Rouen à Paris. Il est situé au pied d'une côte, sur la rive droite de l'Andelle; l'autre pente de la vallée est beaucoup plus rapide, et, pour la franchir, la route forme plusieurs zigzags. Du haut de cette montée, la vallée de l'Andelle offre un coup d'œil délicieux; la vue se plaît à suivre les méandres de la rivière au milieu des vertes prairies, des jardins, des potagers, des champs de la plus grande fertilité; de jolis coteaux, partout cultivés, forment une digne parure à ce riant tableau.

En remettant le pied sur le territoire de son village, le vieux curé n'avait pu retenir un soupir de satisfaction. C'était la joie du cœur simple et sans ambition, se retrouvant là où il avait l'habitude de battre.

— Venez, mon enfant, dit-il en prenant le bras d'Horace, dans deux minutes nous serons chez nous.

Et le prêtre et le jeune homme s'acheminèrent par la grande rue, l'unique rue, — comme dans tous les villages, — de Fleury; le premier s'inclinant à chaque instant, parce qu'à chaque instant, sur son passage, se trouvait quelque laboureur, quelque femme, quelque enfant qui saluait avec respect le retour de son pasteur... le second, examinant tout autour de lui, avec la curiosité de l'artiste, ces maisons bâties en terre séchée au soleil, recouvertes de toits de chaume et flanquées, la plupart, sur la façade d'un petit jardin où, — *utile dulci*, — presque toujours les fleurs se mêlaient aux légumes.

Cependant, — le vieux curé n'avait pas trompé son compagnon; — en moins de deux minutes, ils étaient arrivés sur la place du village, devant l'église; le presbytère y attenait.

Le prêtre frappa à la porte de sa maison.

La porte s'ouvrit.

— Monsieur le curé, fit une voix, quel bonheur!

C'était mademoiselle Marguerite, la servante du vieux prêtre.

— Oui, ma bonne, c'est moi, et je ne reviens pas seul, tu vois... je t'amène un ami.

Mademoiselle Marguerite regarda Horace.

Horace regarda mademoiselle Marguerite.

C'était une petite vieille toute maigre, toute ridée, toute jaune, mais sur le visage de laquelle, comme un reflet de la physionomie de son maître, rayonnait une expression angélique de douceur et de bonté.

— Eh bien! puisque vous l'amenez, que monsieur soit le bienvenu, fit Marguerite en adressant sa plus belle révérence à Horace.

— Est-ce que monsieur restera queuque temps chez nous?

— Autant qu'il lui plaira, ma bonne.

— Bien!... bien!... vous comprenez, monsieur le curé, je demande ça parce qu'il faudra que je songe tout de suite, alors...

— A lui préparer une chambre... sans doute, sans doute, Marguerite... et il n'aura pas même assez d'une chambre... il lui faudra encore... Mais nous nous occuperons de tout cela plus tard. Pour le moment, Marguerite, fais nous bien vite à déjeuner, car monsieur Horace et moi nous mourons de faim...

— Ah! monsieur s'appelle Horace :

— Oui, ma bonne, et Horace sera pour vous un ami, je l'espère, comme il est déjà l'ami de votre maître...

Si vous le voulez, toutefois?

En parlant ainsi, Horace avait tendu la main à la petite vieille.

— Si je le veux bien! s'écria-t-elle en laissant presser ses doigts secs et effilés par les doigts nerveux et charnus du jeune homme; si je le veux bien?... Mais c'est déjà fait, pas vrai, monsieur le curé?... Je vous aime déjà, moi, puisque vous aimez notre maître... Et là-dessus, asseyez-vous. Je m'en vas vous faire bien vite une bonne grosse omelette.

Marguerite avait disparu; le curé se tourna vers Horace :

— Voilà toute ma société depuis vingt ans que je suis dans ce pays, dit-il... Les naïves causeries de ma bonne Marguerite et mon bréviaire, quelques rosiers que je cultive dans un coin de terre, là, derrière cette fenêtre : voilà mes joies. Mes devoirs, je n'ai pas besoin de vous les dire, n'est-ce pas? Je tâche d'instruire et d'éclairer ceux qui veulent bien m'entendre; je les console quand ils souffrent; je les prépare à se trouver devant Dieu quand ils meurent. Et c'est ainsi que ma vie s'écoule...

— Comme celle d'un digne et saint homme, interrompit Horace.

— Comme celle d'un homme qui croit et qui aime, fit le prêtre.

Mais, reprit-il gaiement, tandis que Marguerite apprête notre déjeuner, si nous songions un peu, en effet, à vous trouver un atelier quelque part, hein, mon jeune ami? Ma maison n'est pas grande, comme vous voyez; mais, c'est égal, je crois que j'ai là-haut...

Horace prit le bras du curé.

— Avant de nous occuper du soin de *la* servir, dit-il sérieusement, ne pensez-vous pas, mon père, qu'il serait mieux d'aller lui adresser un petit bonjour? Pour vous qui avez été quelque temps éloigné d'*elle* ce sera un vrai bonheur, j'en suis sûr... Et pour moi... dame!... il faut bien que vous me montriez la place où vous comptez mettre mon tableau.

Le vieux curé jeta un doux regard sur le jeune homme.

— Merci!... merci, mon cher enfant, murmura-t-il. Vous avez raison; allons la voir tout de suite, notre pauvre église!... Je craignais que vous ne fussiez un peu fatigué, c'est pour cela que je n'osais pas encore vous proposer... ce qui est, il est vrai, un bonheur pour moi. Mais puisque cela ne vous contrarie pas...

— Et le vieux curé, ouvrant une porte de la salle à manger, derrière laquelle se trouvait la cuisine :

— Marguerite, fit-il, mets toujours le couvert; nous revenons dans un quart d'heure.

— Bien, monsieur; pas plus tard, n'est-ce pas? l'omelette serait froide.

. . . .

Oui, oui, la pauvre église! le vieux curé l'avait bien dit à l'artiste.

A l'extérieur, des murailles lézardées de bas en haut, un clocher sans flèche et tombant en ruines, un porche en auvent auquel on parvenait par des degrés de pierres disjointes et usées, dominant une place creusée par les eaux et mal ombragée par quelques tilleuls rabougris.

A l'intérieur, rien sur quoi l'œil pût s'arrêter avec un peu de charme, quatre murs blanchis à la chaux et sans aucun ornement, de mauvais bancs reposant sur un mauvais carrelage, un autel en forme de tombeau, surmonté d'un grand crucifix en cuivre; des fonts baptismaux en plâtre, une chaire en bois de sapin.

Voilà la description de ce qu'était l'église de Fleury-sur-l'Andelle en l'an de grâce 1835.

Et cependant, en sortant de là, côte à côte avec le vieux prêtre, Horace rêvait...

Il rêvait, lui, le jeune homme, le Parisien, l'artiste...

Le sceptique, enfin...

Ah! c'est que cette chétive maison de Dieu avait une âme... elle était habitée par la prière, la ferveur et la résignation.

. . . .

Derrière l'église s'étendait le cimetière.

Ce cimetière, enclos de pieux à moitié pourris, ouvert à tous les regards, à tous les bruits... et où, suivant la touchante expression du vieux prêtre, ses chers morts ne devaient pas dormir tranquilles. . . . .

. . . .

Comme le curé et Horace, après avoir parcouru le cimetière, montaient une petite ruelle qui longeait l'église et aboutissait des champs à la place, un grand gars de vingt-cinq ans environ se trouva sur leur passage.

— Ah! te voilà, Vignon, fit le curé au jeune paysan, en l'arrêtant du geste. Eh bien! deviens-tu plus sage, enfin, mon ami?

Vignon, au lieu de répondre, examina d'abord en dessous le compagnon du curé.

Le paysan flairait le Parisien.

— Mais, répliqua-t-il enfin, avec un air mi-narquois, mi-gêné... Mais, monsieur le curé, j'ai toujours été sage, il me semble... Je ne sais pas ce que vous avez à me sermonner plus que tous les autres chaque fois que vous me rencontrez; on aura vingt-six ans à la Noël et on s'amuse quelquefois un brin, c'est possible; mais on n'est point à pendre pour ça.

Le curé secoua la tête.

— Si pour mériter le titre d'honnête homme il ne s'agissait que de ne point encourir la peine d'être pendu, reprit-il, l'honnêteté serait trop facile!... et à ce compte-là, certes, Vignon, tu serais la perle des braves gens... Je sais fort bien qu'on ne t'a jamais accusé d'avoir détourné à ton profit le bien d'autrui...

— Ah!... vous en convenez... c'est encore heureux.. Eh bien!... si je travaille raide, et si je ne vole personne, qu'est-ce que vous me réclamez encore, monsieur le curé?

Le regard du vieux Blondeau devint presque sévère.

— Ce que je réclame de toi, fit-il en s'approchant du paysan de façon à lui poser la main sur l'épaule, tu le sais bien, Vignon... et au lieu de ce ton railleur que tu affectes avec moi quand tu me rencontres, tu devrais me témoigner du respect, si tu ne sais pas encore me témoigner d'obéissance.

Vignon fit un brusque mouvement et un pas de côté, se dégageant ainsi de l'étreinte du prêtre.

Et remettant sa casquette sur sa tête :

— J'comprends pas les *rébus*, dit-il avec un gros rire impertinent.

Et, d'un bond, s'élançant au-delà d'Horace qui se trouvait dans la ruelle montante, au-dessous du vieux prêtre, le paysan eut bientôt atteint une sente sur la droite, bordée d'une épaisse haie d'aubépine, derrière laquelle il disparut.

Le curé haussa tristement les épaules.

— Pauvre fou! murmura-t-il, ça se croit fort parce que ça a le triste courage de braver un vieillard...

— Qu'est-ce donc que ce garçon? dit Horace, qui avait suivi cette petite scène au dénouement bizarre, avec un certain intérêt.

— Ce que c'est, repartit le prêtre en reprenant le bras d'Horace, je viens de vous le dire, mon ami, un fou... et de la pire espèce, hélas!... un fou méchant. Doué de muscles d'acier, il abuse de cette puissance que la nature lui a donnée, pour battre tous ceux qui lui déplaisent ou qui lui résistent De plus, comme à force de s'habituer à ne point se reconnaître de maître, il s'est habitué en même temps à ne point s'imposer de lois, au lieu de se conduire comme les autres garçons du village qui prennent pour femme tout honnêtement, devant l'église et les hommes, celles qu'ils aiment, Vignon a jugé convenable de pervertir une jeune fille qui vit là-bas, tenez, avec sa mère... Et pis que cela, il a tant fait près de cette pauvre enfant, que depuis cinq mois bientôt qu'elle est à lui, — elle qui, auparavant, n'aurait manqué pour rien au monde à aucun de ses devoirs religieux, — elle n'a pas franchi une seule fois le seuil de l'église; pas une seule fois elle n'est venue s'agenouiller devant moi, au tribunal de la pénitence.

En parlant de la sorte, le vieux curé avait des larmes dans les yeux.

Et Horace écoutait ces pieux regrets avec une émotion dont la veille encore il ne se fût pas cru capable.

. . . .

Cependant le vieux prêtre et l'artiste rentraient au presbytère.

Le déjeuner était prêt depuis longtemps déjà... car on avait outrepassé le quart d'heure demandé.

L'omelette était même un tant soit peu froide.

— C'est de votre faute, messieurs, dit Marguerite.

— C'est de notre faute, répétèrent avec humilité le curé et Horace.

La collation achevée par un dernier coup d'un bon cidre, clair et parfumé, auquel Horace avait largement fait fête, on s'occupa du soin de loger l'artiste.

Le presbytère, construit en cailloux et en mortier, se composait d'un étage, surmonté d'un toit en pente, à deux pignons, sous lequel s'étendaient deux petites mansardes.

Quoi qu'en pussent dire le curé et sa servante, qui voulaient à toute force lui céder, l'un sa chambre au premier étage, l'autre sa chambre au rez-de-chaussée, ce fut dans les mansardes qu'Horace fit élection de domicile.

— J'aurai un appartement complet, au contraire, répondait-il aux deux braves créatures qui lui répétaient à tour de rôle : « Mais vous serez mal là-haut! »

Ma chambre à coucher près de mon atelier... l'asile du repos près de l'asile du travail!... Que voulez-vous de mieux? Et puis, il y a de l'air ici et du jour. Je travaillerai tard, je me lèverai tôt... Je serai à mon aise... Et je ne gênerai personne! Je reste ici.

Il fallut bien se rendre. Il y avait, dans un cabinet noir du presbytère, un lit tout garni, qui avait servi jadis à un neveu du curé, venu à Fleury passer quelques mois pour se remettre tout à fait des secousses d'une grave maladie.

En un clin d'œil, ce lit fut transporté par Marguerite dans celle des mansardes choisie par Horace pour sa chambre à coucher.

Pendant que la servante disposait ainsi d'un côté l'*asile du repos*, Horace, aux yeux du curé, tout réjoui déjà de ces préparatifs, mettait en place dans l'*asile du travail*, et son chevalet et sa toile et sa palette et sa boîte.

— Comment, voilà tout ce qu'il faut pour faire un chef-d'œuvre? disait gaîment le vieillard en examinant pièce à pièce et les planchettes de noyer, et les brosses, et les petites fioles remplies d'huile ou d'essence.

— Mon Dieu, oui! répondait Horace; un peu de couleur... quelques pieds de toile, et... beaucoup de génie. Et avec ça... on passe à la postérité! Après avoir trop souvent manqué de pain de son vivant.

— Pauvre enfant!... Oui, je comprends, l'art ne traite pas toujours généreusement ses adeptes, n'est-ce pas?

— Oh! ce n'est pas absolument pour moi que je parle, mon père.

— Enfin, travaillez, travaillez toujours à votre aise ici, un mois, deux mois, trois mois si vous voulez, mon ami; ne vous pressez pas, vous avez le temps. Et chaque année ensuite, si l'atelier du presbytère ne vous a pas trop laissé d'ennuyeux souvenirs... Eh bien, qui vous empêchera d'y revenir? On ne touchera à rien là-dedans, durant votre absence. Ces mansardes vous appartiennent désormais... De même que votre place est marquée à ma modeste table, comme dans mon cœur.

. . . .

Le curé et sa servante avaient laissé Horace seul.

L'artiste ouvrit la fenêtre de son atelier...

Autour de cette fenêtre s'enroulaient des cordons de vigne vierge, de lierre et de clématite.

Au-dessous, dans leur petit coin de terre, s'épanouissaient les rosiers de toute sorte, ces élèves chéris du vieux prêtre...

Au loin, des bois, des champs, des pommiers couverts de fruits...

Et serpentant à travers tout cela, la rivière blanche et brillante au soleil comme un ruban d'argent!

— Horace, immobile devant ce tableau, rafraîchi par cet air pur, embaumé par ces parfums, Horace poussa un doux et tendre soupir. Un de ces soupirs qui ne regrettent pas, mais qui remercient.

— Allons! murmura-t-il, j'ai bien fait d'entrer dans ce petit restaurant de la rue Bourbon-Villeneuve. Et je suis enchanté maintenant de ne pas y avoir trouvé celle que j'y allais chercher.

Adieu, Clotilde; oh! cette fois c'est bien fini!... Je crois que je vais l'oublier.

III

Horace avait demandé instamment à son hôte de ne voir son tableau que lorsqu'il serait achevé.

Et le vieux curé lui avait répondu :

— Soit! mon enfant, soit! Quoiqu'il m'eût été fort agréable, je l'avoue, de monter quelquefois vous regarder travailler; puisque vous le désirez, je ne monterai point.

Je sais qu'on doit s'incliner devant la volonté d'un artiste.

Quant à Marguerite, à laquelle le jeune homme avait aussi adressé la prière de ne pas soulever le rideau dont il couvrait sa toile quand il sortait, Marguerite s'était également écriée dès les premiers mots du peintre :

— Oh! soyez tranquille, monsieur Horace, soyez tranquille... Par état, une servante de curé, ça n'est pas curieux... surtout quand on le lui défend!... Je ferai comme mon maître, j'attendrai.

Horace avait ainsi réglé sa vie au presbytère :

Il se levait le matin à cinq heures, allait faire un tour de promenade jusqu'à sept, rentrait travailler jusqu'à dix, l'heure du déjeuner, remontait ensuite à son atelier jusqu'à cinq heures.

Puis, après le dîner, il passait la soirée, soit en causeries avec son hôte, soit, quand celui-ci était absent, à lire, assis dans le jardin, un ou deux chapitres de Walter Scott, dont il avait apporté quelques volumes dans le fond de son bagage.

Et quand neuf heures sonnaient, Horace serrait la main de son hôte, disait bonsoir à la bonne Marguerite.

Et quelques instants encore, et il dormait profondément dans son lit.

Comme s'il n'eût jamais été un Parisien, comme s'il ne fût pas un artiste.

Deux qualités antipathiques d'ordinaire, avec la faculté de savoir se coucher à neuf heures...

. . . .

C'était un matin, le dixième jour après son arrivée à Fleury.

Ce matin-là, en sortant du presbytère, Horace, au lieu de se diriger vers les bois environnants, ainsi que cela avait été jusqu'alors son habitude, comme but de promenade, remonta au contraire la grande rue du village jusqu'à une sorte de ruelle ou d'impasse qui coupait verticalement cette rue vers le milieu environ.

Arrivé là, s'adressant à un enfant qui jouait avec des pommes vertes dans la poussière grise :

— Sais-tu où demeure madame Bouvet, petit? demanda-t-il.

L'enfant leva d'abord de grands yeux étonnés sur celui qui lui parlait.

Mais, comme depuis dix jours qu'il habitait le village, à force de le voir passer devant leur porte, hommes, femmes et enfants, tout le monde avait fini par s'habituer à voir le *beau Monsieur*, comme on appelait Horace, le petit garçon, surmontant son premier mouvement d'embarras naïf, répondit d'une manière à peu près intelligible :

— La mère Bouvet?... C'est là... tenez, m'sieur, c'te maison... dans la ruelle... oùsqu'il y a une chèvre à côté.

— Merci! tiens, voilà pour toi.

Et Horace jeta une pièce de dix sous à l'enfant et entra dans la ruelle.

Il n'était plus qu'à quelques pas de la maison, ou pour mieux dire de la chaumière désignée, lorsqu'il s'arrêta subitement.

On se disputait dans cette maison, et assez vertement même, à en juger par le diapason aigu des voix qui formaient leur partie dans ce concert orageux.

Deux de ces voix étaient féminines.

Quant à la troisième, il n'y avait pas à en douter, elle appartenait à un homme... et à un homme en colère.

Après s'être orienté une seconde, Horace, qui s'aperçut que la fenêtre de la maison susdite était ouverte, fit trois pas encore et se trouva, de la sorte, contre cette fenêtre.

Son œil pouvait plonger dans l'intérieur : il regarda.

Il pouvait entendre ce qu'on disait... il écouta...

Dans une salle misérablement meublée il y avait en effet deux femmes, l'une vieille, l'autre toute jeune encore et assez jolie.

C'était la mère Bouvet et Edmée, sa fille.

La première, assise dans un coin, sur un mauvais tabouret de paille, travaillait au *bloquier*; — on appelle *bloquier*, dans toute la Normandie, une espèce de métier portatif sur lequel les femmes fabriquent de la dentelle.

En ne quittant pas la besogne du matin au soir, elles font ainsi presque un mètre de *blonde* ordinaire par jour.

On leur paie le mètre de trente à quarante centimes.

Devinez maintenant, si vous pouvez, comment ces femmes, quand elles n'ont pas d'autres ressources, en arrivent à manger assez peu, avec leurs quarante centimes par jour, pour ne pas mourir de faim tous les soirs.

Edmée, la jeune fille ne travaillait pas, elle était debout, les coudes appuyés sur la cheminée, et elle pleurait.

Quant à l'homme qui se querellait avec ces deux femmes, dans cette salle, nous le connaissons déjà : c'était Vignon, ce jeune gars qui ne savait pas deviner les rébus.

Vignon avait les bras croisés, lui, le dos au chambranle de la fenêtre.

Au moment où Horace s'était assez approché pour pouvoir examiner ce tableau, Vignon et les deux femmes parlaient tous les trois à la fois. Ce qui fit que d'abord Horace ne comprit pas grand'chose à ce qu'il entendait.

Cependant, peu à peu, s'accoutumant à ce mélange de phrases, à cette discordance de sons, qui avait commencé par l'assourdir, Horace finit par trouver un joint à ces paroles, un sens à ces cris.

Edmée reprochait à Vignon de ne pas tenir la promesse qu'il lui avait faite depuis longtemps de l'épouser. La mère Bouvet mettait son grain de sel dans les reproches de sa fille, et M. Vignon, chez qui, — à ce qu'il paraît, c'était une habitude passée dans le sang, de ne prendre rien ni personne au sérieux, — répondait en ricanant à la mère et à la fille.

Néanmoins, outre son ton goguenard, M. Vignon avait encore dans sa physionomie, dans son maintien, un air d'impatience et de mauvaise humeur, qui se trahissait à chaque instant par des froncements de sourcils ou de violents coups frappés du pied sur le plancher.

Assurément, entre ces trois personnages, la discorde en était arrivée à son dernier degré d'ascendance.

Encore une larme d'Edmée, encore un cri de la vieille, encore un froncement de sourcils de Vignon et l'échelle devait se briser!... Et gare dessous!...

— Oui, disait Edmée, c'est honteux! et pour vous, et pour nous deux, ma mère et moi... Chacun nous méprise dans le pays... moi, je ne puis plus passer devant une maison sans qu'on me rie au nez... personne ne dit plus bonjour à ma mère... et vous... on vous fuit comme un chien galeux...

—Eh bien! ceux qui te rient au nez, tu n'as qu'à le leur rendre... Ceux qui ne disent plus bonjour à ta mère... elle n'a qu'à leur dire bonsoir, elle... Et quant aux gens qui me fuient, laisse faire, quand j'aurai envie de les rattraper pour leur payer un coup à boire ils ne courront plus si fort...

— Oh! pardi, on sait bien que pour boire vous êtes toujours bon là, vous!

— Faut bon être bon à quelque chose.

— En attendant, je vous répète que ça ne peut pas durer plus longtemps comme ça...

— Non, certes, Edmée a raison. V'là cinq mois que ça dure... c'est assez.

— Oh! maman Bouvet, prenez garde, vous allez casser votre tabouret en sautant dessus comme ça.

— Si j'ai fait une chose que je ne devais pas faire, vous m'en punissez assez, allez, Jacques!...

— Oui! oui! oh!.. je t'avais bien prévenue, ma pauvre fille, qu'il t'arriverait mal d'écouter ce gueux-là.

— Ce gueux-là est aussi riche que vous, mère Bouvet, vous savez?..

— Je sais que tu es un méchant garçon, voilà ce que je sais. Si tu es si riche, qui t'empêche donc d'entrer en ménage, voyons?

— J'aime autant ne pas me presser d'entrer là, d'où je suis sûr de ne plus sortir.

— Oui-dà!... c'est-à-dire alors que nous devons attendre ton bon plaisir?

— Mon bon plaisir est que tant que vous m'étourdirez les oreilles avec vos criailleries, vous n'aboutirez à rien.

— Oh! on voit bien qu'il n'y a que des femmes dans cette maison. Si mon père existait encore, allez, Jacques, vous ne vous conduiriez pas avec moi comme vous le faites.

— Les hommes comme les femmes je m'en soucie comme d'une guigne, Edmée. Si ton père vivait encore...

— D'abord je ne vous aurais pas écouté.

— Ça c'est possible, et c'eût été tant pis pour toi, eh! eh! Mais en admettant que tu m'eusses écouté tout de même, eh! eh! si le père Bouvet avait voulu faire trop le méchant ensuite avec moi...

— Vous l'auriez frappé peut-être, dites... un vieillard... lâche cœur!

— Oui, oui, c'est bien vrai, Edmée, c'est un lâche cœur; il ne respecte rien!

— Edmée et vous mère Bouvet, tenez, croyez-moi: n'allons pas plus loin, pas vrai! Laissez-moi filer, je commence à avoir assez de vos gentillesses.

— Va-t'en si tu veux... mais si ce mot-là te blesse, Jacques, eh bien! tant mieux, je te le répéterai encore! Tu es un lâche cœur, entends-tu?

— Un malhonnête homme!...

C'était Edmée qui venait de prononcer ces derniers mots; mais elle les achevait à peine qu'elle poussa un cri de terreur.

A bout de patience, Jacques Vignon s'était élancé sur elle.

De sa main gauche il tenait déjà la jeune fille par un bras, tandis que son autre main se levait menaçante...

La vieille femme, terrifiée de son côté au point de ne pas oser aller au secours de sa fille, s'était réfugiée derrière une table, en jetant au loin son métier.

Tout à coup la scène changea comme par enchantement. Avant que la main de Vignon ne s'abaissât sur Edmée, des doigts de fer avaient saisi cette main qu'ils broyaient.

Ce fut au tour de Vignon de jeter un cri; mais un cri de douleur, celui-là. Il se retourna comme un tigre blessé, et de sa main restée libre il voulut frapper Horace, car c'était Horace, nous n'avons pas besoin de le dire, qui venait d'arriver là, comme le *Deus ex machinâ* du théâtre antique.

Mais ce pauvre Jacques Vignon avait compté sans son hôte.

Horace, quoique petit et grêle en apparence, vis-à-vis du jeune paysan, était cependant d'une vigueur bien supérieure à celle de son adversaire.

En même temps donc que Vignon levait la main qui lui restait, Horace serrait encore d'un cran celle qu'il retenait prisonnière.

C'était trop, — même pour un homme fort et brave, — c'était trop pour avoir encore la force de résister.

Vignon devint livide, s'affaissa sur lui-même et tomba à genoux.

— Mais vous me brisez les os, monsieur, murmura-t-il!... Que vous ai-je fait?... Assez!... assez!... monsieur! Lâchez-moi!..

— Grâce! s'écria Edmée, qui ne se souvint plus qu'il l'avait menacée, en voyant son amant souffrir.

Historien fidèle, nous devons dire que la mère Bouvet ne bougea point de sa place, elle, et ne proféra pas un mot à l'aspect du jeune paysan terrassé et suppliant.

La chronique rapporte même, mais nous n'y croyons point, que la mère Bouvet eut, au contraire, à ce moment, un mauvais sourire aux lèvres. Après cela, elle était vieille, elle ne pouvait plus aimer comme aimait sa fille... Mon Dieu! le sourire de la mère Bouvet est assez vraisemblable.

. . . .

Aux premiers mots plaintifs de Vignon, Horace avait un peu desserré son étau vivant; à l'appel désolé d'Edmée, Vignon était tout à fait libre. Cependant il restait à genoux, considérant tour à tour d'un œil hagard et sa main rouge et meurtrie, et cet homme, qui venait ainsi de le mâter si soudainement, lui qui n'avait pas encore trouvé son maître à dix lieues à la ronde.

Horace avait pris une chaise et s'était assis.

— Tu vois, mon garçon, dit-il au paysan, que tu ne brillerais pas avec moi à ce jeu-là, n'est-ce pas? Que veux tu; M. le curé a dû te dire, sans doute, ces mots de l'Évangile que tu auras oubliés : « Celui qui frappe par l'épée, périra par l'épée. » Je n'ai pas l'intention de te tuer, à coup sûr... mais je veux te corriger de ta manie de battre beaucoup les hommes, et un peu aussi les femmes, à ce que j'ai cru voir tout à l'heure. Et puis, tu as encore une autre fâcheuse habitude dont je veux aussi te débarrasser, celle de ne pas tenir ta parole; relève-toi donc, assieds-toi; vous aussi, ma jolie Edmée, asseyez-vous! oh! ne craignez rien; si M. Jacques Vignon est raisonnable, je ne le toucherai pas. Il y a mieux, s'il veut m'écouter maintenant et m'obéir ensuite, je suppose qu'il n'aura pas à se repentir d'avoir fait ma connaissance. Ah!... Et vous, ma bonne madame Bouvet, reprenez donc votre ouvrage. Que diable! je ne suis pas entré ici pour vous empêcher de travailler, moi.

Comme mus par une puissance secrète, Vignon, Edmée et la mère Bouvet avaient exécuté sans hésitation les ordres de l'artiste.

Ils étaient là, tous trois, assis devant cet étranger, muets, mais les yeux attachés sur lui avec une expression indicible de surprise et de soumission.

— Maintenant causons donc, fit Horace.

. . . .

Une heure après Horace rentrait au presbytère.

Or, pendant que l'artiste était allé, comme nous l'avons vu, rendre visite à la mère Bouvet, voici ce qui s'était passé chez le vieux curé.

Sur les sept heures, comme le bonhomme Blondeau descendait du lit, Marguerite était accourue à la porte de la chambre de son maître en lui criant :

— Monsieur le curé, monsieur le curé, dépêchez-vous de vous habiller, entendez-vous; M. Poupillier est en bas et il a à vous parler tout de suite. Il s'agit de l'église...

— C'est bon, Marguerite, répondit le vieillard, c'est bon, je descends; prie M. Poupillier de ne pas s'impatienter.

Et tout en revêtant à la hâte son pantalon et sa robe de chambre, le vieux curé murmurait entre ses dents :

— M. Poupillier a à me parler... et il s'agit de l'église... Mon Dieu! est-ce que vous auriez daigné toucher le cœur de cet avare; est-ce qu'il consentirait enfin... Ah! c'est bien drôle... c'est bien drôle... M. Poupillier qui vient me trouver si matin que cela!

Et le curé descendit à la salle à manger, où l'attendait son visiteur.

M. Poupillier, le maître maçon de Fleury, était un homme de quarante-cinq ans, laid, gros, court et commun, aux membres ronds, aux épaules et à la tête carrées. Ce qu'il y avait de plus remarquable dans sa face hâlée et criblée de petite vérole, c'était la profusion de ses cheveux gris, coupés de très-près, et descendant jusqu'à moitié du front. Ses petits yeux roux étincelaient sous ses sourcils bruns et touffus. Ses lèvres étaient sans cesse agitées comme par un mouvement fébrile.

M. Poupillier, qui tambourinait avec ses doigts aux vitres de la fenêtre de la salle en attendant le curé, se retourna tout d'une pièce en entendant les pas de ce dernier et salua.

— Eh bien! eh bien! mon cher Poupillier, qu'est-ce donc? fit le prêtre en tendant la main à l'artisan, on dit que vous avez des choses aimables à me conter, hein?

Poupillier tâcha de sourire, ce qui lui était toujours difficile, — les avares ne savent sourire qu'aux écus.

— En effet, répliqua-t-il, en effet, monsieur le curé, je suppose que ma proposition ne vous mettra pas trop de mauvaise humeur!...

— Ah! bah! cet air joyeux... Aurais-je deviné juste, Poupillier? s'agirait-il vraiment, dans votre pensée, des réparations de notre pauvre église?

Poupillier inclina la tête.

— C'est bien cela, monsieur le curé, fit-il.

Le vieillard ouvrit de grands yeux et recula, malgré lui, d'un pas.

Le curé, sceptique à l'endroit de l'avare puisqu'il le connaissait de longue date, avait douté très-fort des intentions généreuses du maître maçon; et à ce moment même, que Poupillier venait de lui répondre oui, le curé doutait encore.

Poupillier considéra le vieillard. L'avare devinait la pensée empreinte sur ce visage.

Il essaya de nouveau de mal sourire en disant:

— Ça vous étonne, pas vrai, monsieur le curé, que j'accoure

vous apprendre, tout d'un coup comme ça, que je me suis décidé à r'arranger votre église.

— Dame! repartit le curé en souriant, je ne vous le cache pas, mon ami... Vous concevez, quand on ne s'attend pas à une chose. Mais entendons-nous bien d'abord, voyons!...

Et le digne homme qui n'eût pas voulu abuser de la bonne foi, même d'un avare, continua ainsi :

— Vous savez, Poupillier, que si vous reconstruisez notre clocher; si vous recrépissez notre église, après avoir par-ci par là, remplacé quelques poutres, quelques solives qui commencent à se fatiguer...

— Tout cela est à ma charge; je le sais, interrompit Poupillier.

— Vous n'ignorez pas encore, insista le prêtre, que si par la suite en faisant appel aux bonnes âmes, je puis vous rendre une partie, une petite partie, de ce que vous aurez déboursé au service de Dieu...

— Je ne vous demande rien et ne vous demanderai jamais rien pour ce que je compte faire à *votre* église. J'accomplis un devoir... voilà tout! ça me suffit.

Pour le coup, le vieux curé bondit comme un jeune homme. Poupillier *accomplissait un devoir*... et *cela lui suffisait*.

Il n'était pas possible! le maître maçon avait été touché du bout de l'aile par un bon ange.

Un instant, le prêtre eut envie de demander à Poupillier quand et où et comment il avait rencontré cet ange-là.

Mais il réfléchit qu'après tout, puisque la bonne action était constante, il n'était pas absolument nécessaire d'en approfondir les motifs.

Le curé se contenta donc de tendre encore une fois la main au maître maçon en lui disant tout simplement :

— Eh bien! merci, Poupillier, ce que vous faites est très-beau, mon ami.

Poupillier ne regarda pas le curé en face; on eût dit qu'il ressentait une certaine gêne à s'entendre louer ainsi.

— Hum! hum! fit-il à voix basse, comme ça, monsieur le curé, vous êtes content; tant mieux!... Alors je puis mettre mes échafaudages dès demain?

— Dès demain! dès aujourd'hui, dès tout de suite, mon ami!

— Demain, c'est convenu, monsieur le curé, nous entamerons l'affaire : le recrépissage, le clocher, les marches du porche et le dallage intérieur.

— Et le dallage?

— Pourquoi pas... et pendant que nous y serons.. Ah! j'oubliais... ne m'avez-vous pas demandé aussi, monsieur le curé, si j'avais quelques moellons de trop... pour ce petit mur... autour du cimetière... après l'église, le cimetière, c'est tout naturel... qu'est-ce que vous en dites, monsieur le curé?...

Le vieux curé ne répondit pas cette fois; il était tombé de joie et d'étonnement sur une chaise! Comment! Poupillier ne se contentait pas de lui refaire son église!... Décidément ce n'était pas un ange, mais une légion d'anges qui s'était abattue sur l'âme du maître maçon.

Cependant ce dernier, de plus en plus embarrassé de son rôle de bienfaiteur, ne sachant plus quelle contenance tenir devant la joie du vieux prêtre, se disposait à tourner les talons.

Ce fut à ce moment qu'Horace rentra.

En apercevant l'artiste, M. Poupillier ôta sa casquette.

— Horace! Horace! cria le curé au jeune homme. Oh! venez donc me féliciter et remercier avec moi ce bon M. Poupillier. Vous ne savez pas? Il consent à rajeunir notre vieille église... ce bon Poupillier!... Nous aurons un clocher, nous aurons des dalles, nous serons recrépis à neuf. Et ce n'est pas tout! Nous aurons un mur à notre cimetière!

Horace salua le maître maçon.

— Je vous remercie encore au nom de mon vieil ami, de tout ce que vous allez faire pour lui, monsieur, dit-il.

Poupillier tortillait sa casquette entre ses doigts.

— Oh! il n'y a pas de quoi me remercier tant que cela, murmura-t-il; c'est... une idée que j'ai eue... Elle est bonne... j'en suis bien aise... Là-dessus... faites excuse, messieurs... Mais j'ai un peu faim... Vous allez déjeuner aussi, pas vrai... Bien le bonjour, messieurs.

Et le maître maçon sortit sans se retourner.

— Ce pauvre Poupillier, fit le prêtre en suivant de l'œil, à travers la fenêtre, l'artisan qui s'enfuyait plutôt qu'il s'en allait, je le lui disais bien... il n'y a que le premier pas qui coûte. C'est égal... Pour un premier pas, il n'a pas l'air de lui coûter beaucoup...

. . . .

C'était le soir de ce jour béni par le vieux curé; ce jour de nouvelles si heureuses et si inattendues, ce jour où maître Poupillier avait si brusquement dépouillé l'avare endurci pour devenir presque un bienfaisant prodigue.

A la suite du dîner, le prêtre et son jeune ami avaient causé une heure environ, en se promenant dans le jardinet aux rosiers. Puis comme le crépuscule commençait à poindre, tandis qu'Horace montait à sa chambre chercher un volume de l'*Antiquaire*, dont il voulait lire un passage à son vieil ami... celui-ci, traversant la place, se rendait à l'église pour voir, suivant son habitude de chaque soir, si quelque fidèle ne l'attendait pas au tribunal de la pénitence.

L'église était déserte. Cependant, en en franchissant le seuil, le vieux curé crut entendre comme le bruit d'un sanglot.

Il s'arrêta, croyant s'être abusé.

Un second sanglot raisonna dans le silence.

Il y avait quelqu'un au confessionnal. Le prêtre se hâta; on pleurait; on avait besoin de ses consolations.

C'était une femme qui l'attendait.

— Je vous écoute, ma fille, dit doucement l'homme de Dieu, quand il ne se trouva plus séparé que par un mince grillage de celle qui pleurait.

— Mon père, pardonnez-moi! balbutia la pécheresse.

Le prêtre tressaillit et leva les yeux au ciel, comme pour lui adresser de ferventes actions de grâce : c'était bien la voix d'Edmée qu'il venait d'entendre; d'Edmée, qui demandai pardon de ses fautes, avec des larmes. La brebis égarée était revenue au bercail.

. . . .

V

A un mois de distance de ces événements, par un beau jour d'octobre, tout le village de Fleury-sur-l'Andelle semblait en fête : non-seulement il y avait un mariage au village, mais encore, il était question, pour l'église complètement restaurée, de l'inauguration au-dessus du maître-autel, lors de la messe de midi, d'un tableau de la Vierge qu'un ami de monsieur le curé était venu lui peindre tout exprès au presbytère.

Or, le jour en question, comme Horace et le vieux curé déjeunaient, une chaise de poste s'arrêta devant le presbytère. Un domestique sauta hors de la voiture; il tenait un objet d'assez grande dimension, enveloppé soigneusement dans du papier.

— Monsieur Horace, madame? demanda le domestique à la vieille Marguerite, qui s'était mise à la fenêtre de la salle à manger au bruit de la chaise de poste.

— C'est ici, monsieur, repartit Marguerite.

Et elle ouvrit au domestique, tandis qu'Horace disait à son hôte :

— Ah! je sais ce que c'est... c'est mon cadre qu'on m'apporte.

— En chaise de poste! fit le curé.

Horace sourit.

— Il nous fallait ce cadre aujourd'hui, reprit-il, puisque c'est aujourd'hui que je dois vous montrer mon œuvre, et qu'elle doit prendre sa place dans votre église. Ma foi! je n'y ai pas regardé de si près; j'ai écrit qu'on m'envoyât le cadre bien vite, et le voilà, c'est le principal.

Le vieux prêtre ne répliqua pas. Seulement il pensait à part lui, qu'il fallait que les marchands de cadres de Paris fissent de bien bonnes affaires pour envoyer les commandes en province par un domestique voyageant en poste. Cependant ce dernier, sur un signe d'Horace, s'était assis dans un coin de la salle. Horace avait dégagé le cadre de son enveloppe.

— Mais il est trop beau ce cadre! s'écria le curé en s'avançant pour en admirer les brillantes sculptures.

— Trop beau pour le tableau... c'est possible, mon père, fit Horace.

— Je ne dis pas cela... je suis très-persuadé d'avance, au contraire, mon enfant, que le tableau le mérite... Mais c'est égal, c'est une folie...

— Enfin, mon vieil ami, interrompit Horace en s'élançant vers l'escalier pour monter à ses mansardes, attendez là un instant encore que je vous appelle, je vous prie, vous et votre bonne Marguerite... Oh! je tiens à son opinion, à elle aussi, sur ma peinture. Et quand vous aurez vu tous deux ce que j'ai fait pour l'église de Fleury... Eh bien! si votre opinion est que j'ai trop préjugé de mon œuvre en lui voulant pour accompagnement un cadre aussi somptueux, il sera toujours temps de renvoyer celui-ci et d'en faire venir un autre plus simple.

Horace avait disparu. Marguerite s'approcha du domestique.

— Si monsieur voulait se rafraîchir, demanda-t-elle de sa douce voix habituelle.

Le valet salua négativement.

— Vous ne voulez pas, mon garçon? reprit le vieux curé, qui depuis qu'Horace n'était plus là semblait suivre ardemment une pensée étrange, pourquoi donc? Il fait chaud, un verre de cidre ne vous fera pas de mal, surtout si vous le videz à la santé de votre maître. Y a-t-il longtemps que vous êtes au service de M. Horace?

— Trois ans, monsieur, répondit simplement le domestique.

Le vieux curé tressaillit.

Marguerite ouvrit de grands yeux, lorsqu'elle entendit cette réponse.

Quant au valet, ces mots : « trois ans, monsieur, » s'étaient à peine échappés de sa bouche qu'il était devenu rouge comme une cerise. D'instinct, le pauvre garçon venait de comprendre, avant même d'apercevoir la surprise empreinte sur le visage du curé et de sa servante, qu'il avait commis une maladresse.

Mais la voix d'Horace retentissait dans l'escalier :

— Mon père! ma bonne Marguerite! criait-il, montez! montez! *il* vous attend...

Le curé et la vieille bonne se levèrent en échangeant entre eux un regard qui disait bien des choses. Cependant ils gravirent l'escalier; ils entrèrent dans l'atelier du peintre. Le tableau était là, qui les attendait, en effet, bien exposé à demi de face au jour, dans sa bordure toute d'or.

. . . .

Ils regardèrent, et ils poussèrent en même temps un cri : admiration, joie, reconnaissance, respect, bonheur, attendrissement, il y avait tout cela dans ce cri parti du fond de deux âmes naïves.

— Oh! c'est que le tableau était bien beau aussi, je vous assure! C'est qu'il y avait sur cette toile une figure ravissante de la vierge Marie, tenant son divin enfant dans ses bras; c'est qu'aux pieds de cette mère de Dieu s'élevant vers le ciel sur un nuage d'encens, se trouvaient prosternés et dans l'adoration deux saints, dont l'un avec ses cheveux blancs et ses traits rayonnants de bonté, était la vivante image du vieux curé de Fleury.

. . . .

Marguerite était tombée à genoux devant le tableau. Elle priait. — Encore un éloge qui en valait bien un autre.

Quant au vieux curé il chancelait tout en pleurant entre les bras d'Horace. Il semblait fou... mais d'une de ces folies dont on ne voudrait jamais guérir... La folie du bonheur.

Tout à coup s'arrachant de l'étreinte du jeune homme, le vieillard bondit vers le tableau, et touchant presque du doigt le nom dont le chef-d'œuvre était signé : un nom célèbre de père en fils depuis bientôt deux siècles :

— Ah! murmura-t-il, cher enfant, je comprends tout maintenant, et la conversion de M. Poupillier, et le repentir d'Edmée, et son mariage aujourd'hui avec Jacques Vignon. Les réparations de mon église; le mur élevé autour du cimetière, et la dot d'Edmée aussi, n'est-ce pas? tout cela est votre ouvrage, cher enfant, comme cette adorable sainte Vierge et le portrait de ce pauvre vieux prêtre, que vous avez mis là dans le paradis avant que Dieu ne l'y ait appelé!..

. . . .

Midi sonnait à l'église de Fleury, et le vieux curé offrait à Dieu le saint sacrifice, en présence d'une foule compacte accourue pour admirer le tableau créé au presbytère.

Immobile au seuil de l'église, Horace promenait ses yeux de tous côtés. Il sourit à Edmée, à Jacques Vignon et à la mère Bouvet, qui étaient là, eux aussi, déjà, en habit de noces... et qui quêtaient tous trois le regard de l'artiste... Il sourit encore au vieux curé qui ne pouvait le voir alors, mais qui pensait peut-être à lui, même en songeant à Dieu. Il sourit enfin à son tableau, comme un père eût souri à son enfant en lui disant adieu. Puis, s'inclinant devant le pauvre crucifix de cuivre qui planait sur tout cela, hommes et choses, comme une étoile sur un monde :

— Allons, murmura Horace, je me souviendrai toute ma vie de l'église de Fleury; c'est là que j'ai appris à prier.

. . . .

Quelques minutes après, Horace roulait dans sa chaise de poste.

Et maintenant, lecteur, si vous êtes curieux de connaître ce nom célèbre dont était signé ce tableau donné en 1835 par un jeune peintre parisien à l'église de Fleury, allez un de ces jours visiter ce petit village, le tableau est toujours dans l'église, au-dessus du maître-autel : vous saurez ainsi tout entier le nom du héros de cette histoire.

. . . .

FIN.

Sceaux. — Typographie de E. Dépée.

www.ingramcontent.com/pod-product-compliance
Ingram Content Group UK Ltd.
Pitfield, Milton Keynes, MK11 3LW, UK
UKHW020451230726
13925UKWH00005B/1863